LES FRONTIÈRES DE GLACE

*La Quête d'Ewilan***

Pierre Bottero est né en 1964. Il a longtemps exercé le métier d'instituteur. Grand amateur de littérature fantastique, convaincu du pouvoir de l'Imagination et des Mots, il a toujours rêvé d'univers différents, de dragons et de magie. « Enfant, je rêvais d'étourdissantes aventures fourmillantes de dangers, mais je n'arrivais pas à trouver la porte d'entrée vers un monde parallèle ! J'ai fini par me convaincre qu'elle n'existait pas. J'ai grandi, vieilli, et je me suis contenté d'un monde classique… jusqu'au jour où j'ai commencé à écrire des romans. Un parfum d'aventure s'est alors glissé dans ma vie. De drôles de couleurs, d'étonnantes créatures, des villes étranges… J'avais trouvé la porte. » Pierre Bottero est mort le 8 novembre 2009 dans un accident de moto.

Paru dans Le Livre de Poche :

PIERRE BOTTERO

Les Frontières de glace

La Quête d'Ewilan**

RAGEOT

Les Frontières de glace

© Rageot-Éditeur, Paris, 2003-2006.
ISBN : 978-2-253-16470-8 – 1re publication LGF

L'Autre Monde

Océan
de Glaces

Île des
Nimurdes

Septentrion
des Géants

**ROYAUME
RAÏS**

Mer
des Brumes

Avonkaï

Marais
d'Ankaï

Kur N'Raï

Œil
d'Otolep

Forêt Maison
des Petits

Chaîne du Pott

Frontières
de Glace

Al-Poll
Plaine de Thaal

Citadelle
des Frontaliers

Plateaux
d'Astariul

Sinumil

Tintiane

Al-Far

GWENDALAVIR

Ombre

Gour

Montagnes
de l'Est

Jungle
d'Kulm

Forêt de
Baraïl

Vive

Forêt
Ombreuse

Lac
Chen

Plateaux
de l'Est

Al-Chen

Grande Faille

Loutoubre

Pays
Faël

Collines
de Taj

Ondiane

Fériane

Verne

Désert
des
Murmures

Illuin

Al-Vor

Passe
de la
Goule

Arche

Al-Jeit

Grandes Plaines

Archipel
Alines

Grand Océan du Sud

N

O   E

150 km

INTRODUCTION
AUX SECRETS DE GWENDALAVIR

— Jeunes gens…

Doume Fil' Battis posa ses mains sillonnées de rides sur le pupitre de pierre. Cela commençait mal…

— Jeunes gens, s'il vous plaît, pourriez-vous vous asseoir et faire silence ?

Le brouhaha assourdissant qui montait de l'amphithéâtre ne décrut pas. Aucun des candidats ne lui accordait la moindre attention.

— J'aimerais que tout le monde s'asseye et se taise…

Sous sa barbe drue, le visage de Doume Fil' Battis vira soudain au rouge.

— Assis, bon sang, et la ferme !

Le hurlement accompagné d'un violent coup de poing sur le marbre du pupitre fit l'effet d'un ouragan. Un silence de mort s'installa que le vieil homme apprécia d'un hochement de tête.

— C'est mieux, commenta-t-il en toisant du regard l'assemblée maintenant attentive. Je suis Doume Fil' Battis, chroniqueur de l'Empire, et si vous ne vous tenez pas correctement, je veillerai à ce que la seule académie à laquelle vous puissiez prétendre soit celle des balayeurs d'Al-Poll. Compris ?

Il leva la main pour repousser une éventuelle réponse à ce qui n'était pas une question, et poursuivit :

— Comme chaque année, ma première intervention portera sur Ewilan Gil' Sayan. Inutile d'espérer comprendre cette figure de légende si vous ne faites pas l'effort de vous représenter Gwendalavir tel qu'elle le découvrit, et si vous ne vous attardez pas sur les trois principes qui influèrent sur son destin. J'entends par là l'étrangeté, la guerre et l'Art du Dessin. L'étrangeté d'abord, car nous vivons dans un monde autre que celui dont elle venait et dont elle ne soupçonnait absolument pas l'existence, un univers parallèle en quelque sorte[1]... Ewilan était originaire de Gwendalavir mais l'ignorait. Elle n'avait aucun souvenir de sa petite enfance et vivait sous le nom de Camille Duciel dans une famille adoptive peu aimante, jusqu'au jour où, pour échapper à un accident, elle se transféra ici.

Le chroniqueur se tut un instant afin de vérifier que son auditoire était captivé. C'était le cas, comme lors de la plupart de ses interventions. Rassuré, il reprit :

— La guerre ensuite, car nous étions confrontés à l'invasion de voisins non humains, les Raïs, manipulés par une autre race maléfique, les Ts'liches. Les Sentinelles, les seuls humains qui auraient pu renverser le cours de la guerre, étaient prisonnières des Ts'liches, car une d'entre elles, Éléa Ril' Morienval, avait trahi. Lorsque Ewilan arriva, les hordes raïs

---

1. Les aventures auxquelles Doume Fil' Battis fait allusion sont relatées dans le premier tome de *La Quête d'Ewilan* : *D'un monde à l'autre*.

déferlaient sur l'Empire et les armées alaviriennes se faisaient peu à peu écraser. La situation était désespérée quand…

— Et le troisième principe?

La candidate qui l'avait interrompu était une jeune fille élancée, au regard malicieux et à la chevelure d'un roux flamboyant. Doume Fil' Battis choisit de ne pas se formaliser.

— J'y arrive. L'Art du Dessin est la clef qui permit à Ewilan de construire la légende que nous allons étudier aujourd'hui. Cet Art est inconnu dans l'autre monde et elle découvrit par hasard qu'elle pouvait, par sa seule volonté, rendre réel ce qu'elle imaginait ou se déplacer instantanément d'un endroit à un autre, d'un monde à un autre, effectuer ce que nous appelons le pas sur le côté. Vous me suivez?

La fille rousse hocha la tête avec déférence et le chroniqueur sourit. Ces jeunes gens n'étaient finalement pas tous des malappris…

— J'ai prévu d'aborder l'histoire d'Ewilan selon un angle inhabituel, en partant d'un personnage que je viens d'évoquer : Éléa Ril' Morienval. Éléa était Sentinelle, comme les parents d'Ewilan. Il existait douze Sentinelles qui avaient pour tâche de surveiller l'Imagination, cette dimension qui permet aux dessinateurs de rendre réel ce qu'ils imaginent, et les Spires, les chemins qui la parcourent. Éléa Ril' Morienval était ambitieuse et dénuée de scrupules. Elle projetait de s'emparer de l'Empire. Dans ce but, elle n'hésita pas à pactiser avec les Ts'liches et les mercenaires du Chaos, un groupe d'humains maléfiques. Altan et Élicia Gil' Sayan…

— Mais il est notoire que les mercenaires…

Cette fois-ci l'interruption était due à un candidat à l'attitude pleine de suffisance. Doume Fil' Battis réagit au quart de tour.

— Un mot de plus et je vous expulse! rugit-il. Vous pensez peut-être m'en remontrer en matière de faits historiques que j'ai passé des années à étudier? Espèce de cancrelat prétentieux!

La cible de son courroux se recroquevilla tandis que ses camarades s'écartaient prudemment de lui. Le chroniqueur prit une longue inspiration.

— Altan et Élicia Gil' Sayan, disais-je, furent les seules Sentinelles à s'opposer à Éléa Ril' Morienval. Ils avaient auparavant pris la précaution de mettre leurs deux enfants, Ewilan et Akiro, en sécurité dans l'autre monde en effaçant leurs souvenirs. Bien leur en prit, car ils furent vaincus et disparurent. La situation échappa toutefois à Éléa. Elle fut à son tour trahie par les Ts'liches et enfermée avec les neuf autres Sentinelles à l'extrême Nord de l'Empire, dans une cité abandonnée, la légendaire Al-Poll, en partie créée par Merwyn. Un mystérieux et redoutable Gardien fut chargé d'empêcher quiconque d'approcher. Les Ts'liches bloquèrent ensuite l'accès à l'Imagination en verrouillant les Spires, et les hordes raïs se jetèrent sur l'Empire. Privé du pouvoir de ses dessinateurs, Gwendalavir ne résistait qu'à grand-peine. Des remarques?

Doume fronça les sourcils devant l'absence de réaction de l'auditoire. D'année en année les candidats devenaient pusillanimes, les traditions se perdaient. Il contint difficilement un grognement de dépit et poursuivit :

— Telle était la situation à l'arrivée d'Ewilan et de son ami Salim. Elle se trouva immédiatement

12

plongée au centre d'un maelström d'intérêts divergents. Elle possédait un pouvoir supérieur à celui de n'importe quel autre dessinateur, sans véritable limite. Conscients de ce fait, les Ts'liches voulaient sa mort, tandis qu'Éléa Ril' Morienval, qui avait réussi à la contacter, souhaitait qu'elle aille chercher son frère pour qu'il libère les Sentinelles prisonnières, les Figés, ce qu'il était censé pouvoir faire. Nous reviendrons en détail sur les Figés et nous étudierons le dessin ts'lich qui a réussi à immobiliser et à priver de leurs pouvoirs l'élite des dessinateurs alaviriens. Sachez simplement qu'éveiller les Figés représentait une tâche d'une complexité incroyable, nécessitant un pouvoir hors normes. Heureusement, Ewilan était entourée d'amis. Edwin Til' Illan, général des armées impériales et guerrier légendaire, Duom Nil' Erg, le célèbre analyste qui à cette époque n'était déjà plus tout jeune, Bjorn, un chevalier au cœur loyal, Maniel, un soldat à la carrure de titan, ainsi que…

La jeune fille rousse leva la main et le chroniqueur s'interrompit.

— Oui ?

— Cet Edwin Til' Illan dont vous parlez est-il celui qui, le premier, a vaincu un Ts'lich en combat singulier ?

— C'est bien lui, je vous félicite pour votre perspicacité.

— Et pour tes beaux yeux… chuchota un petit malin.

Sa réflexion souleva quelques rires discrets que le chroniqueur, en orateur avisé, fit mine de ne pas avoir entendus.

— Les compagnons furent rejoints un peu plus tard par Ellana Caldin, une marchombre mystérieuse et rebelle. Ensemble ils se dirigèrent vers Al-Jeit, notre capitale, en affrontant mille dangers. Maître Duom, bien que convaincu de la traîtrise d'Éléa Ril' Morienval, avait en effet approuvé ses paroles. Akiro, frère aîné d'Ewilan, paraissait le plus à même d'éveiller les Figés. Il fallait mettre Ewilan en sécurité en attendant qu'elle soit capable d'aller le chercher. Le sort de l'Empire reposait entre ses mains.

Preuve que son auditoire lui était acquis, un léger murmure d'appréhension s'éleva dans l'amphithéâtre. Il l'éteignit d'un raclement de gorge.

— Lors d'une embuscade, poursuivit-il, Ellana fut grièvement blessée en sauvant la vie d'Ewilan. Celle-ci maîtrisait désormais le pas sur le côté, et décida de ne pas attendre davantage. Accompagnée de Salim, elle changea à nouveau de monde pour trouver Akiro et le convaincre de sauver Gwendalavir. Malheureusement, leurs retrouvailles demeurèrent vaines. Akiro n'avait aucune envie de se lancer dans l'aventure et, surtout, ne semblait détenir qu'un pouvoir embryonnaire, très insuffisant pour la tâche qu'on attendait de lui. Ewilan et Salim choisirent donc de rentrer seuls, néanmoins porteurs d'une lueur d'espoir : Élicia Gil' Sayan avait réussi à contacter sa fille. Elle était vivante.

Le chroniqueur se tut. Les candidats étaient pendus à ses lèvres, attendant dans un silence quasi religieux qu'il reprenne son histoire. Il prit le temps de boire un grand verre d'eau, s'essuya la bouche avec le dos de la main et, tout à sa joie de conteur, se lança dans la deuxième partie de son récit :

— Pendant ce temps, à Ondiane, Edwin et ses compagnons guettaient le retour d'Ewilan en se rongeant les sangs…

LA PASSE
DE LA GOULE

1

L'Imagination est une dimension. Les innombrables chemins qui la parcourent sont les Spires. Ceux qui les empruntent sont les dessinateurs. Ils peuvent rendre réel tout ce qu'ils imaginent.

Elis Mil' Truif, maître dessinateur
à l'Académie d'Al-Jeit.

La porte pivota et un homme vêtu d'une simple bure pénétra dans le long couloir de pierre claire. Il était de haute taille, maigre, les traits émaciés et les cheveux ras. Sa démarche était hésitante et, quand il passa la main sur son crâne, il soupira longuement.

Artis Valpierre était un rêveur d'Ondiane.

Il avait décidé, dix ans plus tôt, de consacrer sa vie au rêve et était aujourd'hui initié du quatrième cercle. Il avait depuis longtemps compris que la confrérie nourrissait des ambitions et des objectifs autrement plus complexes que l'étude et la méditation. La vérité ne lui serait pourtant entièrement révélée que lorsqu'il entrerait dans le cinquième cercle, ce qui prendrait encore des années. Pour l'heure, il avait bien d'autres préoccupations.

Quelques jours plus tôt, un groupe de voyageurs s'était arrêté à Ondiane, demandant de l'aide pour l'une des leurs grièvement blessée. Ce n'était pas rare. Les rêveurs utilisaient souvent leur art pour soulager ceux qui étaient dans le besoin. Ils en tiraient de modiques avantages matériels et contribuaient à forger à la confrérie une réputation positive.

Artis Valpierre avait participé au rêve de guérison qui s'était dessiné autour de la jeune femme inconsciente. Elle était touchée à l'abdomen et, sans l'intervention des rêveurs, serait sûrement morte. Rêver la régénération des organes atteints n'avait pourtant pas été difficile. Les rêveurs possédaient de solides connaissances en anatomie et ils pouvaient tout guérir, à part certaines blessures à la tête.

L'équipage qui accompagnait la blessée était étrange : deux adolescents, un garde d'Al-Vor, un chevalier errant, un guerrier rompu au commandement et un vieux dessinateur. Artis n'avait encore jamais vu de groupe aussi disparate frapper à la porte de la confrérie.

Ondiane n'hébergeait qu'exceptionnellement les visiteurs, mais, en deux phrases chuchotées au maître rêveur, le vieux dessinateur s'était vu accorder l'hospitalité.

Plus étonnant encore, le supérieur d'Ondiane l'avait chargé, lui, Artis Valpierre, de veiller à ce que les voyageurs ne manquent de rien, le mettant pour ainsi dire à leur service.

Tout cela aurait encore pu passer, si cette… Non ! Trop, c'était trop. Il devait réagir !

Arrivé devant la porte de maître Carboist, il frappa respectueusement et attendit l'autorisation d'entrer. Le bureau du supérieur d'Ondiane se trouvait dans la tour ouest et trois de ses fenêtres s'ouvraient sur la vallée. La pièce était de belle taille, les murs couverts de rayonnages de livres et un imposant bureau sombre en occupait le centre. Dans un pot de céramique jaune, une enjôleuse d'Hulm sifflait de doux trilles, mais aucun insecte ne s'approchait de ses vrilles et la plante restait sur sa faim.

Assis à son bureau, maître Carboist travaillait.

Quand Artis Valpierre s'arrêta devant lui, il leva les yeux de la lettre qu'il était en train de rédiger.

— Oui Artis, lança-t-il d'une voix ferme. Que puis-je pour vous ?

Le rêveur sentit sa résolution vaciller. Il avait toujours été impressionné par le maître. Celui-ci, initié du septième cercle, était un homme d'une soixantaine d'années, à la carrure encore athlétique. Comme tous les résidents d'Ondiane, il était vêtu d'une bure. Son regard dégageait tant de force qu'on ne doutait pas qu'il était un personnage exceptionnel. Un chef.

Artis Valpierre essaya de se reprendre.

— C'est au sujet des voyageurs, finit-il par déclarer.

— Oui ?

— Vous savez que les deux adolescents ont disparu peu de temps après leur arrivée…

— Je sais, le coupa Carboist, et je vous ai expliqué que cela ne nous concernait pas.

— Oui, oui, bredouilla Artis, mais ce n'est pas ce dont je voulais vous entretenir.

Le maître rêveur soupira et se renversa dans son fauteuil.

— Je vous écoute, dit-il patiemment.

— Ellana est guérie et…

— Ellana ?

Artis Valpierre rougit.

— C'est la jeune femme blessée que les voyageurs nous ont amenée. Elle s'appelle Ellana Caldin.

Voyant que son supérieur ne disait mot, le rêveur poursuivit :

— Le guerrier qui se nomme Edwin utilise, avec votre assentiment je crois, la cour de la fontaine pour entraîner les deux autres hommes au combat. Ils y passent au moins six heures par jour.

Maître Carboist ne put s'empêcher de lever les yeux au ciel.

— Je sais tout cela. Vous vous en êtes déjà plaint, à cause du bruit et de la distraction que cela entraîne pour nos novices. Vous vous êtes également insurgé contre les incursions de maître Nil' Erg dans notre bibliothèque. J'ai donné mon accord pour tout cela. Expliquez-moi maintenant quel est le rapport avec Mlle Caldin.

Artis prit une grande inspiration et se lança.

— Cette jeune femme semble avoir parfaitement récupéré et…

— Vous m'en voyez ravi.

— Et depuis ce matin, continua le rêveur en essayant de ne pas bafouiller, elle s'entraîne avec les autres dans la cour.

— C'est tout ?

Artis Valpierre explosa.

— Comment ça, c'est tout ? Comment voulez-vous que mes élèves se concentrent sur l'enseignement que je leur dispense, avec cette jeune femme qui se donne en spectacle ? Je crois essentiel de décider très vite de…

— Est-elle jolie ?

— Pardon ?

— Je vous ai demandé si cette Ellana Caldin était jolie.

— Euh… c'est que… ben…

— Artis, ma question est claire. Répondez-y simplement. Est-elle jolie ?

Le rêveur se tordait les poignets. Il ne parvenait pas à décider si son supérieur était sérieux ou s'il se moquait de lui. Il aurait voulu se trouver à des kilomètres de là.

— Oui, elle est… jolie.

Un léger sourire se dessina sur les lèvres du maître rêveur qu'Artis Valpierre, tout à son embarras, ne perçut pas.

— Vos élèves ont donc raison de la regarder, affirma Carboist. Elle les fait certainement plus rêver que vous. N'en soyez pas jaloux, c'est la nature qui veut ça. Bien, Artis, puisque j'ai répondu à votre question, je vous serais reconnaissant de me laisser travailler maintenant. J'ai toujours beaucoup de plaisir à parler avec vous, mais j'ai tant de choses à faire…

Artis Valpierre se frotta le visage avec les mains et soupira. La situation lui avait encore échappé, malgré les arguments qu'il avait préparés. Il s'apprêtait à sortir, quand maître Carboist le rappela :

— Artis, puisque vous devez passer par la cour pour récupérer vos élèves, auriez-vous la gentillesse de demander à maître Nil' Erg de monter jusqu'à mon bureau ? Je dois l'entretenir de quelques petites choses.

Le rêveur acquiesça sans un mot et se retira. Il reprit le long couloir et emprunta l'escalier qui conduisait aux ateliers. Il les traversa pour atteindre les cuisines et salua au passage les rêveurs chargés des repas cette semaine-là. Après avoir franchi le jardin intérieur, il s'engouffra dans une nouvelle aile de la bâtisse, parcourut une enfilade de couloirs, descendit encore un escalier, dépassa la bibliothèque et déboucha dans le grand hall.

La cour de la fontaine s'étendait derrière la porte vitrée. Malgré ce qu'avait insinué le maître, ses élèves ne s'y trouvaient pas, bien sûr.

Le vieux dessinateur, maître Nil' Erg, était assis sur un muret dans un des rares coins d'ombre et les autres s'entraînaient au combat, comme d'habitude, à mains nues pour une fois.

Artis se demanda pourquoi les voyageurs ne quittaient pratiquement jamais la cour. On pouvait y passer à n'importe quelle heure du jour ou de la nuit, on était sûr qu'au moins l'un d'entre eux s'y tenait, attendant on ne savait trop quoi.

Bjorn, le chevalier, poussa un cri.

Artis colla son front à la vitre pour mieux observer la scène.

Les trois combattants étaient torse nu dans le soleil, leur peau ruisselant de transpiration. La jeune femme, en nage elle aussi, ne portait qu'un léger pantalon de coton noir et un débardeur assorti. Bjorn se releva péniblement.

— À toi, Maniel ! lança Edwin.

Le soldat s'approcha, mains ouvertes, bras écartés. C'était un colosse de cent vingt kilos mesurant dix bons centimètres de plus que Bjorn, pourtant impressionnant. Des muscles épais et noueux roulaient sous sa peau.

Face à lui, Edwin semblait presque fragile.

— Ce n'est pas une garde de combat, hurla cependant celui-ci, sans manifester d'inquiétude.

— Peut-être, grommela le soldat, mais c'est efficace.

Edwin haussa les épaules.

— Contre les grands-mères, Maniel, pas contre un vrai combattant. Ellana, montre-lui !

La jeune femme s'avança, une expression de parfaite assurance sur le visage.

— C'est parti ! cria Bjorn qui s'était assis un peu plus loin.

Maniel fit un pas en avant et ses bras se refermèrent sur elle.

Du moins, faillirent…

Ellana saisit un poignet gros comme son mollet, et pivota en accentuant l'élan du soldat. Avec un cri rauque, il alla s'écraser deux mètres plus loin.

Bjorn éclata de rire.

— Nous sommes trop gras, Maniel, ça nous perdra.

Le soldat se releva en grimaçant. Il s'approcha d'Ellana, plus prudemment cette fois.

— Ta garde n'est toujours pas bonne, commenta Edwin.

Comme pour lui donner raison, la jeune femme feinta sur le côté, s'accroupit et faucha du pied les jambes de son adversaire qui se trouva de nouveau à terre.

Maniel se redressa et, avec un haussement d'épaules désabusé, rompit le combat.

Artis Valpierre choisit ce moment pour sortir. Il se dirigea vers maître Nil' Erg, en évitant soigneusement de regarder Ellana qui grimaça dans son dos. Elle s'adressa à Edwin.

— En garde ?

— Si tu veux.

Maniel et Bjorn se retournèrent, attentifs.

Ellana et Edwin se déplaçaient avec la même grâce, leur différence de poids gommée par la fluidité de leurs mouvements. Une poignée de secondes s'écoula et Ellana bondit.

Elle agit avec beaucoup plus de rapidité que lors de son affrontement avec Maniel. Sa jambe droite se tendit brusquement en décrivant un arc de cercle vers la mâchoire d'Edwin...

Qui n'était plus là.

Elle sentit sa cheville tirée sur le côté et perdit l'équilibre. Elle se rattrapa de justesse et se remit en garde.

— Il est rare, commenta Edwin, que ce type de coup de pied fouetté soit efficace en combat, face à un adversaire vigilant. N'oublie jamais que...

Il fut interrompu par un cri de maître Duom.

Le vieil analyste s'était levé et, sans plus se préoccuper d'Artis Valpierre, désignait la fontaine du doigt.

— Je sens son dessin ! clama-t-il. Ils arrivent !

Toutes les têtes se tournèrent vers l'endroit que montrait maître Duom.

Il n'y avait rien. La cour était vide, blanche de soleil.

Puis deux silhouettes se matérialisèrent près du bassin.

Camille et Salim étaient de retour.

2

Le pas sur le côté! Pouvoir parmi les pouvoirs!
Réservé aux plus puissants des dessinateurs, il permet de
se déplacer instantanément d'un endroit à l'autre, voire
d'un monde à l'autre…

Elis Mil' Truif, maître dessinateur
à l'Académie d'Al-Jeit.

— M a vieille, tu t'es surpassée! On est arrivés devant la fontaine, pas dedans…

Salim regardait autour de lui et un grand sourire fendit son visage lorsqu'il aperçut tous leurs amis se précipiter vers eux.

Camille sentit son cœur accélérer.

Elle se rendait compte à quel point ne pas revenir aurait été atroce. De nouveau, elle sut que sa vie était là, comme l'étaient ses racines. Elle eut une pensée pour son frère, qui avait choisi Paris. Elle regrettait de l'avoir quitté si vite, mais s'il avait possédé le don et accepté de gagner Gwendalavir, elle aurait dû, elle, rester et elle n'était pas sûre qu'elle l'aurait supporté.

— Ewilan, Salim, je suis… nous sommes heureux de vous revoir, déclara Edwin.

Les autres se tenaient autour de lui, les yeux brillants et le visage empreint d'une joie sincère. Une vague de bonheur déferla sur Camille.

Duom Nil' Erg avait tout de même l'air soucieux.

— Que s'est-il passé, Ewilan ? demanda-t-il. Tu n'as pas trouvé Akiro ?

— Je l'ai trouvé, répondit-elle, laconique.

— Et alors ? Qu'est-il arrivé ? Où est-il ? As-tu reçu mon message ?

Le vieil analyste la mitraillait de questions sans attendre ses réponses, et Ellana éclata de rire.

— Je suis certaine, lança-t-elle, que ces deux jeunes gens préféreraient nous raconter leur histoire à l'ombre, si possible avec une boisson fraîche à la main.

Elle se tourna vers Artis Valpierre qui se tenait en retrait. Le rêveur venait d'assister à l'arrivée de Camille et de Salim et avait des difficultés à admettre ce qu'il avait vu.

— Pourriez-vous nous procurer à boire ? lui demanda la jeune femme.

Elle lui avait parlé, comme d'habitude, en le regardant droit dans les yeux et Artis, comme d'habitude, s'empourpra.

— Euh… bien sûr… bafouilla-t-il, je m'en occupe.

Il s'éloigna précipitamment et Ellana sourit. Elle était toujours stupéfaite de l'effet d'un simple regard sur certains hommes.

— Elle a raison, déclara Edwin, quoi qu'ils aient à relater, nous pouvons attendre qu'ils se soient désaltérés.

— C'est vrai que j'ai soif, constata Camille, mais j'ai surtout sommeil et je meurs d'envie de me laver.

Ellana poussa Edwin et prit Camille par les épaules.

— Vous êtes un tas de grosses brutes, lança-t-elle aux hommes. Interdiction de parler à cette jeune demoiselle tant qu'elle n'aura pas récupéré.

Pleine de sollicitude, elle la soutint jusqu'à la murette ombragée où maître Duom était assis quelques minutes plus tôt.

— Et moi ? protesta Salim. Je suis fatigué aussi…

Bjorn attrapa le garçon et le broya entre ses bras.

— Je suis là, s'exclama-t-il. Je vais m'occuper de toi !

— C'est bon, Bjorn, réussit à articuler Salim, je crois finalement que je vais me débrouiller seul.

Le chevalier ne l'entendait pas de cette oreille.

— Il n'en est pas question. Ce n'est que justice que tu bénéficies d'égards particuliers.

En un mouvement, il souleva Salim et le jeta sur son épaule sans ménagement.

— Non, Bjorn, gémit Salim, Ellana a été plus douce avec Camille !

— À chacun sa méthode, rétorqua le colosse en se mettant en marche. Moi, c'est ainsi que je montre mon affection.

— Je n'ai pas besoin de l'affection d'un gorille, hurla Salim.

Bjorn se contenta de rire. Il déposa son fardeau près du groupe qui s'était installé à l'ombre. Camille avait déjà commencé son récit.

Elle fut interrompue par Artis Valpierre qui apportait à boire. Le rêveur aurait bien aimé entendre l'histoire manifestement captivante qu'elle racontait, mais elle s'était tue en le voyant arriver. Tout le monde le regarda poser un plateau chargé de gobelets et d'un gros broc sur la murette. Comme il tardait à s'éloigner, Ellana intervint.

— Merci, lui glissa-t-elle, vous êtes délicieux.

Salim, étonné, regarda le rêveur écarlate s'enfuir quasiment en courant.

— Je suis sûr, lança-t-il à Bjorn, que personne ne t'a jamais dit que tu étais délicieux ! Et tu sais pourquoi ?

Sans attendre de réponse, il continua :

— C'est parce que tu es tout, sauf délicieux !

Le chevalier lui donna une bourrade qui l'envoya promener à deux mètres de là. Camille ne lui accorda pas un regard et reprit son récit. Quand elle mentionna le Mentaï, elle s'interrompit pour se tourner vers Ellana. La jeune marchombre avait empêché un mercenaire du Chaos de l'assassiner pendant son sommeil. Camille n'avait pas encore eu l'occasion de la remercier.

— Quand je suis partie, reprit-elle, vous étiez grièvement blessée. Je n'oublierai jamais votre geste. Je suis trop jeune pour prêter un serment comme celui qui vous lie à Edwin, mais je veux que vous sachiez que, tant que je vivrai, vous aurez une alliée.

Ellana sourit en hochant la tête.

— Bien parlé, Ewilan, approuva Edwin. Vos aventures maintenant, nous mourons d'impatience d'entendre la suite.

Quand Camille parvint au moment où elle avait reçu la visite du chuchoteur, elle plongea la main dans sa poche. Elle en tira la bestiole, la posa sur ses genoux et la caressa doucement.

— Tiens, c'est curieux, remarqua maître Duom. Il est resté avec toi ? Les chuchoteurs sont très indépendants. Ils ne s'attachent pour ainsi dire jamais à un humain.

— Je ne suis pas d'accord, protesta Salim. Celui-ci est particulier, il…

Camille lui fit un signe et Salim se tut. Elle ne voulait pas évoquer le message qu'elle avait reçu de sa mère et le rôle qu'elle semblait avoir joué. Pas encore.

Reprenant le fil de son récit, elle glissa sur certains détails qui auraient nécessité trop d'explications, et en arriva à l'essentiel : la rencontre avec son frère.

Duom Nil' Erg écouta attentivement puis haussa les sourcils. Il voulut parler, mais Edwin lui posa la main sur l'épaule.

— Laisse-la finir, Duom, le pria-t-il. Je veux savoir comment ils s'en sont tirés avec le mercenaire. C'était un Mentaï, tout de même…

Camille s'exécuta et, quand elle eut achevé, Edwin eut une moue appréciative pendant que Bjorn, plus démonstratif, applaudissait.

— Bravo, s'exclama le chevalier. C'est comme ça qu'il faut négocier avec ces types ! À coups de rochers de quinze tonnes !

Maître Duom restait sombre. Puis, n'y tenant plus, il explosa :

— Cessez de vous réjouir, sots que vous êtes ! Les jeunes s'en sont tirés et j'en suis heureux comme vous, mais nous sommes dans une impasse. Pire, notre dernier espoir s'envole.

— Que voulez-vous dire ? s'étonna Bjorn.

— Tu n'es vraiment qu'un ours coiffé d'une casserole ! s'exclama le vieil analyste. Je te rappelle que la survie de l'Empire passe par une intervention, si possible rapide, des Sentinelles. Or celles-ci sont prisonnières, pétrifiées et privées de leurs pouvoirs. Ce n'est pas pour rien qu'on les appelle les Figés ! Si Akiro ne possède pas le don, qui donc va les éveiller ?

Dans un silence pesant, ils se tournèrent tous vers Camille. Elle leur renvoya un pâle sourire.

— Moi ! affirma-t-elle.

— Mais tu... commença maître Duom.

— Il n'y a pas d'autre possibilité, le coupa Camille. Vous l'avez dit vous-même, la situation est dramatique. Cette mission est délicate, certainement dangereuse, mais je suis, semble-t-il, la seule à pouvoir intervenir. J'irai éveiller les Figés !

— Ewilan a raison ! trancha Edwin d'une voix qui ne souffrait aucune réplique. Elle peut le faire et elle le fera. Nous serons là pour l'aider.

Le vieil analyste ouvrit la bouche, mais, face au coup d'œil que lui jeta Edwin, il opta pour le silence.

— La petite peut le faire ! Je le sais ! Et si quelqu'un se met au travers de sa route, nous ferons le ménage !

Maniel venait de prononcer sa plus longue phrase depuis le début du voyage. Il y avait mis tant de conviction qu'un sourire naquit sur les lèvres de l'analyste.

À cet instant, Artis Valpierre revint pour leur annoncer que maître Carboist les invitait à le rejoindre dans le salon. Ils se levèrent et lui emboîtèrent le pas. Au moment de franchir la porte d'Ondiane, Salim attrapa le bras de Bjorn.

— Je suis émerveillé par la finesse d'observation de maître Duom, murmura-t-il. Un ours coiffé d'une casserole, quelle description parfaite...

Un grand coup de pied aux fesses le propulsa à l'intérieur.

3

Enjôleuse d'Hulm : Plante carnivore aux larges feuilles vernissées. L'enjôleuse émet un chant qui attire irrésistiblement les insectes, lui permettant ainsi de les capturer avec ses vrilles préhensiles.

Encyclopédie du Savoir et du Pouvoir.

M aître Carboist se tenait devant une fenêtre qui s'ouvrait sur le plateau et fixait l'horizon. Il se tourna lorsque ses hôtes entrèrent dans le salon puis s'avança à leur rencontre. La pièce où il les accueillait était parquetée de chêne blond et sentait la cire, comme de nombreux autres endroits d'Ondiane. L'ameublement était sobre, massif, composé principalement de lourds fauteuils de cuir et de quelques meubles bas. Les vrilles d'une enjôleuse se balançaient doucement mais, pour l'instant, la plante ne chantait pas.

— Installez-vous, commença le maître rêveur. Mon ami Valpierre vient de m'apprendre le retour des deux jeunes gens. J'en déduis que vous nous quitterez bientôt et je veux profiter encore un peu de votre présence.

Il avait désigné Artis lorsqu'il l'avait nommé et, une nouvelle fois, celui-ci se sentit rougir. Heureusement, personne ne le regardait, et il reprit rapidement contenance. Tandis qu'ils prenaient place, Duom Nil' Erg se pencha vers Camille.

— Ne te fie pas à l'apparence débonnaire de Carboist, lui glissa-t-il à l'oreille. C'est un homme intègre mais rusé qui apprend toujours ce qu'il veut savoir.

Camille opina et s'assit près d'Ellana. Maître Carboist ne tarda pas à fixer son regard sur elle.

— Ainsi c'est toi, cette invitée surprise dont l'arrivée a tant perturbé Valpierre.

Camille hésita. Elle n'osait répondre, craignant de s'aventurer sur un terrain glissant. Que savait-il et que pouvait-elle se permettre de lui raconter ? Elle jeta un coup d'œil à maître Duom qui resta de marbre. Salim plongea au secours de son amie.

— Je suis arrivé en même temps qu'elle. Je suis sûr que c'est moi qui ai dû faire peur à ce monsieur.

Bjorn approuva joyeusement, ce qui détendit l'atmosphère. Il en profita pour détourner la conversation.

— Ce garçon est un véritable cauchemar !

Maître Carboist sourit, les yeux toujours fixés sur Camille.

— Ne t'inquiète pas, jeune fille, je n'essaierai pas de te soutirer tes secrets. Mon ami Nil' Erg m'arracherait les oreilles, pour le moins… Je vois en outre que ton camarade et toi êtes épuisés. Je vous propose donc de vous rafraîchir et de prendre un peu de repos. Si vous êtes d'accord, nous nous verrons ce soir, pendant le repas.

Comme si sa proposition était par avance acceptée, maître Carboist se leva, imité par tous.

— Ondiane est habité exclusivement par des hommes, expliqua Ellana à Camille. On a libéré pour moi l'unique chambre qui ait l'eau courante et, comme les rêveurs m'évitent, j'y suis seule et tranquille. On partage?

— Volontiers, si cela ne vous dérange pas! s'exclama Camille. Je rêve d'un bain et d'un lit!

— Alors, suis-moi. Mais s'il te plaît, tutoie-moi. Je n'ai que vingt-cinq ans, l'âge d'être ta sœur, pas ta grand-mère.

— D'accord, répondit Camille en étouffant un bâillement.

Pendant que les hommes s'engageaient dans un escalier, elle suivit la jeune femme qui prenait un couloir, à l'opposé.

— À tout à l'heure, ma vieille, lui cria Salim, sois sage.

— Il est toujours comme ça? s'enquit Ellana avec un sourire.

— Non, parfois il est vraiment excité. Là, je le trouve plutôt fatigué…

Elles traversèrent une bonne partie d'Ondiane pour arriver à l'extrémité de l'aile nord, là où la bâtisse s'appuyait sur la montagne.

Ellana s'effaça pour laisser entrer Camille. La chambre était spacieuse, joliment meublée et un lit moelleux trônait en son centre.

Camille s'en approcha et le tâta de la main, mais, au lieu de s'extasier, elle se tourna vers Ellana, la mine soucieuse.

— Qu'est-ce que ce maître Carboist nous voulait? demanda-t-elle. Je ne comprends pas pourquoi il nous a renvoyés après avoir échangé deux banalités, ni pourquoi maître Duom m'a conseillé de faire attention.

— J'ignore ce que voulait Carboist, répondit Ellana. J'ai toutefois l'habitude de jauger les hommes et je peux t'affirmer qu'il a obtenu ce qu'il désirait.

— Tu crois que…

— Je ne crois rien. La salle de bains est par ici.

Ellana poussa une porte basse qui s'ouvrait sur une pièce entièrement taillée dans la pierre. Elle était éclairée par une lucarne donnant dans la chambre. Dans le fond, le sol poli par des milliers de passages s'abaissait brusquement, créant un vaste bassin rempli d'eau claire. Camille ne put retenir un cri de joie.

— Ne te réjouis pas trop vite, lui conseilla Ellana. L'eau provient d'une source, elle est glaciale. Limpide, mais glaciale…

— Je me sens si sale, rétorqua Camille, que je serais capable de me baigner sous la banquise.

— Alors, n'hésite pas, plonge.

Camille ne se le fit pas répéter deux fois. Elle ôta ses vêtements et s'approcha de l'eau. Elle la testa du bout des orteils et frissonna. Elle était vraiment gelée. En retenant sa respiration, elle se glissa dans le bassin. Une fois immergée jusqu'au cou, elle s'habitua à la température et se détendit.

— Il y a de la place pour deux ? s'enquit Ellana. Edwin nous a entraînés et j'ai bien besoin d'un bain, moi aussi.

Camille sourit.

— Ça ressemble plus à une piscine qu'à une baignoire, bien sûr que tu peux venir.

Ellana lui lança un pain de savon avant de la rejoindre. Elles se lavèrent tout en plaisantant, puis Camille commença à claquer des dents.

— Je suis frigorifiée, je sors.

— Regarde à côté du lit. Il y a mes vêtements. Tu devrais y trouver une tunique pas trop grande.

Plus tard, Ellana quitta à son tour le bassin. Elle observa la fine cicatrice qui barrait son abdomen, seule trace de l'affreuse blessure qui avait failli l'emporter. Elle avait souvent frôlé la mort, mais jamais d'aussi près. Loués soient les rêveurs et leur don de guérison…

Elle passa dans la chambre. Camille avait enfilé une de ses tuniques avant de s'allonger en travers du lit, le chuchoteur niché contre son cou. Elle dormait profondément.

La jeune femme s'installa dans un fauteuil pour la contempler. Sa propre adolescence lui semblait à des centaines d'années de distance et Camille dégageait une aura de fraîcheur bienfaisante. Elle la laissa se reposer jusqu'au moment où, par la fenêtre, elle vit le soleil se coucher. Alors doucement, elle lui toucha l'épaule.

Camille ouvrit les yeux.

— Je me suis endormie ?

— Juste une paire d'heures. Je suis désolée de te réveiller, mais il est temps d'aller dîner.

Camille s'étira.

— Mes vêtements sont dans un état lamentable. Qu'est-ce que je vais mettre ?

— Je les ai lavés, mais ils ne sont pas secs. Je crois que, pour ce soir, tu peux garder cette tunique. Elle tombe jusqu'à tes genoux, si on y ajoute une ceinture, ce sera parfait.

Joignant le geste à la parole, Ellana ceignit la taille de Camille d'un ceinturon de cuir auquel elle suspendit un poignard dans un fourreau.

— Mais… s'étonna Camille.

— Un cadeau, expliqua Ellana en souriant, un cadeau de grande sœur. Je me sens toute nue quand je n'ai pas une bonne lame d'acier à portée de la main. Si je t'habille, autant le faire jusqu'au bout. Il y avait quelque chose dans la poche de ton pantalon, poursuivit-elle. Je n'y ai pas touché.

Camille s'approcha de ses vêtements qui séchaient sur le dossier d'une chaise. Elle récupéra la sphère graphe et se tourna vers Ellana. La jeune femme avait prononcé sa dernière phrase sans intonation particulière. Camille ne parvint pas à décider si elle avait découvert l'étrange particularité du bijou. C'était un objet ts'lich que les humains, elle mise à part, étaient incapables de toucher et qu'elle avait trouvé la première fois qu'elle avait gagné Gwendalavir. Maître Duom le lui avait décrit comme un outil puissant utilisé par les Ts'liches pour arpenter l'Imagination.

Dans le doute, Camille s'abstint d'évoquer la pierre. Elle remercia chaleureusement Ellana pour son présent et elles quittèrent la chambre pour rejoindre le réfectoire.

La pièce voûtée était immense et des tables massives s'alignaient dans sa longueur. Les rêveurs d'Ondiane étaient en train de dîner. Camille en dénombra une cinquantaine. Un peu à l'écart, leurs amis les attendaient autour d'un buffet chargé de victuailles.

— Enfin! s'exclama Bjorn en les voyant arriver. Nous mourons de faim!

— Tu as toujours faim, se moqua Ellana, et des dames doivent savoir se faire attendre.

— Après la correction que tu as infligée à Maniel cet après-midi, je ne suis pas certain que le terme de dame te convienne encore ! répliqua Bjorn.

Camille sourit en écoutant l'altercation amicale. Elle se sentait bien. Elle s'assit à côté de Salim qui se pencha vers elle.

— Tu as réussi à te laver, je vois.

— Oui, j'en rêvais depuis deux jours. Et toi ?

— Bjorn m'a plongé tête la première dans la fontaine, expliqua Salim, fataliste. Et il n'a rien trouvé de mieux que me savonner avec du sable. J'ai cru qu'il allait m'arracher la peau !

Camille ne put s'empêcher de rire malgré le regard douloureux de son ami.

Les plats commencèrent à circuler et Edwin prit la parole.

— Nous repartirons demain matin, si maître Carboist n'y voit pas d'inconvénient.

— Je me demande ce que j'aurais à y redire. Puis-je savoir quelle sera votre direction ?

— Nous nous rendons à Al-Jeit.

— Tiens ? s'étonna maître Carboist. C'est le seul endroit auquel je ne m'attendais pas.

— Et pourquoi donc ? s'enquit Duom Nil' Erg.

Le maître rêveur se pencha vers lui.

— Nous nous connaissons depuis assez longtemps pour ne pas tourner autour du pot comme des inconnus, Duom. Qu'est-ce qui peut pousser un vieil analyste comme toi sur les routes, en compagnie du maître d'armes de l'Empereur et d'une jeune fille capable de faire le pas sur le côté, malgré le verrou ts'lich dans les Spires ?

Duom Nil' Erg toussota, mal à l'aise, tandis que le maître rêveur continuait en regardant Camille.

— Je n'ai connu qu'une personne avec de tels yeux. Tu veux que je poursuive ?

Il y eut quelques secondes de silence pesant.

— Je vais vous raconter une histoire, reprit maître Carboist. Un simple conte sorti de mon imagination. Un pays, un Empire à vrai dire, était menacé par de redoutables adversaires. Les seules personnes qui auraient pu le sauver, appelons-les les Gardiennes, étaient retenues prisonnières dans un endroit inconnu. Tout espoir semblait perdu lorsqu'une jeune fille apparut. Elle avait les mêmes yeux violets que sa mère et, comme elle, un immense pouvoir. Le maître d'armes de l'Empereur, aidé par un vieil ami au caractère plein de piquant, projeta de conduire la jeune fille jusqu'aux Gardiennes pour les délivrer et, avec elles, combattre et vaincre les méchants, appelons-les les Ts'liches…

Edwin leva le bras.

— Vous pouvez cesser ce petit jeu. Camille est Ewilan, la fille d'Élicia et Altan Gil' Sayan. Elle représente en effet notre dernier espoir d'éveiller les Figés. Nous avons appris où ils se trouvent, mais dans un premier temps, nous allons à Al-Jeit. Nous devons rencontrer l'Empereur et recueillir d'importants renseignements. Nous partirons ensuite les délivrer. Ces informations vous suffisent-elles ?

Maître Carboist eut la bonne grâce de paraître gêné.

— Oui, bien sûr, je ne voulais surtout pas être indiscret.

— Surtout pas… murmura Bjorn à l'oreille de Salim.

— Quels que soient vos objectifs, continua le maître rêveur, je comprends qu'il vaut mieux les garder secrets. Je crois cependant pouvoir vous aider.

— Volontiers, accepta Duom Nil' Erg, soucieux de ne pas se fâcher avec son vieil ami. Que proposes-tu ?

— Les routes ne sont pas sûres, c'est un euphémisme que de le prétendre. Un rêveur versé dans l'Art de la guérison vous serait fort utile.

Edwin et maître Duom se concertèrent du regard. Finalement, le maître d'armes hocha la tête et l'analyste sourit.

— Nous acceptons ton offre avec plaisir.

— Il faut donc que je m'occupe de choisir quelqu'un, conclut le supérieur d'Ondiane. Je crois que vous achèverez votre repas sans moi.

Avec un geste de la main, il s'éloigna.

Ellana explosa dès qu'il fut sorti.

— Vous vous êtes laissés manipuler comme des enfants ! Ce n'est pas un auxiliaire que nous propose Carboist, c'est un espion !

— Pas si vite… commença maître Duom, mais Edwin lui coupa la parole.

— Si l'espion en question peut recoudre quelqu'un et lui sauver la vie, ça vaut la peine, tu ne crois pas ?

Ellana parut soudain penaude.

— Tu as raison, admit-elle, et je suis mal placée pour protester. Je persiste toutefois à croire que ce Carboist nous cache des choses.

— Les rêveurs cachent toujours des choses, expliqua maître Duom. Depuis des siècles. C'est ainsi et nous n'y changerons rien. Carboist joue un rôle de conseiller important auprès de Saï Hil' Muran, le seigneur d'Al-Vor, et on ne peut nier qu'il ait une influence positive sur lui. Il devait avoir besoin d'informations...

— Quoi qu'il en soit, déclara Edwin, nous partons pour Al-Jeit dès demain matin. Le trajet nous prendra une dizaine de jours, si tout va bien. Une fois arrivés, nous rencontrerons l'Empereur pour mettre au point la suite du voyage. Je pense que nous gagnerons le lac Chen par la piste du nord, puis que nous remonterons le Pollimage jusqu'aux contreforts de la chaîne du Poll. Nous atteindrons alors la zone des combats contre les Raïs, ce sera sans doute la partie la plus difficile de notre périple, mais nous n'y sommes pas encore.

— Au total, le voyage durera combien de temps ? demanda Camille.

Edwin réfléchit une seconde avant de répondre.

— Un mois. Peut-être plus, certainement pas moins.

Bjorn se resservit une assiette de viande et Salim s'étira.

— Je meurs de sommeil, constata-t-il. Je crois que même un massage au sable ne suffirait pas à me tenir éveillé.

Conscients que le départ serait matinal, tous se levèrent pour regagner les chambres. Camille sentit, au-delà de la fatigue, un frisson parcourir son dos. L'aventure se poursuivait !

4

La structure économique de l'Empire repose sur les guildes. Certaines ont pignon sur rue : les marchands, les agriculteurs, les verriers, les navigateurs... D'autres sont plus secrètes, mais tout aussi nécessaires à l'équilibre de Gwendalavir : les rêveurs, les marchombres, les sculpteurs de branches, les attrapeurs de songes... Une seule est inutile, car foncièrement destructrice et pernicieuse : la guilde des mercenaires du Chaos.

Maître Carboist, *Mémoires du septième cercle.*

Il faisait à peine jour lorsqu'ils se réunirent dans la cour d'Ondiane.

Camille avait dormi profondément et sa fatigue n'était plus qu'un souvenir. Salim, lui, ne semblait pas d'excellente humeur.

— Bjorn ronfle encore plus fort que maître Duom, se plaignit-il à son amie. C'est à croire qu'il se nourrit de ventilateurs !

Quand il aperçut le poignard que Camille portait à sa ceinture, il se dérida.

— Joli ! apprécia-t-il. C'est Ellana qui te l'a offert ?

— Oui, mais j'avoue ignorer à quoi il me servira.

— S'il te gêne, proposa Salim, je t'en débarrasse volontiers. J'ai toujours rêvé de posséder un couteau comme celui-là.

— Cela te sera inutile, mon garçon, intervint Bjorn. Pendant le voyage, j'aurai le temps de t'initier au maniement de la hache et de l'épée. Laisse les poignards aux femmes et aux lâches.

— Non Bjorn!

Le chevalier, étonné, se tourna vers Ellana qui venait de l'apostropher.

— Tu ne formeras pas le garçon, reprit-elle, et il ne deviendra pas un gros tas de muscles prétentieux. C'est moi qui m'occuperai de lui.

— Mais…

— Il n'y a pas de mais qui tienne! Salim n'est pas destiné à devenir un guerrier, tout son corps le clame. Tu ne t'en aperçois pas?

Edwin réclama l'attention générale, ce qui enleva à Bjorn la lourde tâche de répondre à Ellana.

— Nous avons cinq chevaux, le chariot est plein. Il ne nous manque plus que notre nouveau compagnon pour prendre la route. Nous adopterons à peu près la même formation qu'en partant d'Al-Vor. Duom, tu prends les rênes, Camille et Salim vous montez à l'arrière. Bjorn et Maniel, vous vous occupez de la protection rapprochée, Ellana et moi, nous partons en éclaireurs. Des questions?

— Où dois-je me placer?

Artis Valpierre venait d'apparaître dans la cour. Il portait un gros sac qu'il fit basculer à l'arrière du chariot.

— Il ne paraît pas ravi d'avoir été choisi, glissa Salim à l'oreille de Camille.

Edwin jaugea un instant le rêveur.

— Tu n'as pas de cheval? finit-il par demander.

— Non. Il n'y en a pas à Ondiane. Mais je sais monter et j'ai de l'argent pour en acheter un lorsque ce sera possible.

Le rêveur paraissait plus sûr de lui que d'habitude. Ellana sourit.

— Voyager fera le plus grand bien à notre nouvel ami, remarqua-t-elle à voix basse.

Edwin trancha rapidement.

— Tu prendras le cheval qui appartenait à Hans. Nous verrons plus tard s'il faut que tu en achètes un autre. Tout le monde est prêt ?

Maître Carboist murmura quelques mots à Duom Nil' Erg avant de s'approcher de Camille. Il tenait à la main une épaisse feuille de papier roulée, qu'il lui tendit.

— C'est une carte de Gwendalavir, expliqua-t-il. Elle te permettra de te repérer et peut-être de retrouver certains de tes souvenirs. Cela dit, je doute qu'à six ans tu aies eu une bonne connaissance de la géographie de l'Empire.

Camille le remercia posément. Le maître rêveur semblait s'attendre à ce qu'elle pose des questions, mais elle n'en fit rien et il parut un peu déçu.

— Bonne route, lança-t-il en reculant d'un pas. Toutes mes pensées vous accompagnent.

Edwin attendit qu'Artis Valpierre ait enfourché son cheval pour donner le signal du départ. Maître Duom imprima une secousse aux rênes et le chariot s'ébranla.

Ils franchirent la porte d'Ondiane au moment où le soleil illuminait ses hauts murs de pierre.

— Et nous voilà partis pour de nouvelles aventures ! cria Salim.

Rapidement, les murailles crénelées disparurent. Artis Valpierre continua toutefois à se retourner fréquemment, jusqu'à ce qu'Ellana, qui chevauchait non loin de lui, l'interpelle :

— C'est si dur que cela de quitter la maison ?

Le rêveur rougit et, s'il ne répondit pas, il se contraignit dès lors à regarder droit devant lui. Edwin adressa un signe à la jeune femme et tous deux partirent en éclaireurs.

Voyager à l'arrière du chariot n'était pas très confortable. Bientôt, Camille alla s'asseoir à côté de maître Duom qui lui sourit.

— Alors Ewilan ? Heureuse d'être là ?

— Oui, du fond du cœur ! Je me sens enfin chez moi.

— Tu ne t'inquiètes pas pour ta famille adoptive ?

— Non, pas vraiment. Mon père a été blessé par le Mentaï, mais le journal précisait que ce n'était pas grave. Il sera vite remis.

— Tu ne crains pas que tes parents adoptifs soient accablés par ta disparition ?

— On voit que vous ne les connaissez pas. Je crois sincèrement qu'ils n'ont jamais réussi à m'aimer. Ils seront surpris, vexés, gênés, mais pas malheureux.

Le vieil homme sentit sa peine et changea de sujet.

— Et ton chuchoteur, toujours dans ta poche ?

— Non, il a disparu hier soir. Il reviendra quand il en aura envie.

— J'ai peur que tu ne te fasses des idées sur ces bestioles, objecta Duom Nil' Erg. Je ne sais pas pourquoi celle-ci t'a suivie si longtemps, mais il y a de fortes chances que tu ne la revoies jamais.

Camille se contenta de sourire et l'analyste eut l'air surpris.

— Tu ne me crois pas, ou tu me caches quelque chose ?

Salim, qui avait passé sa tête entre eux, intervint :

— Les deux mon général ! Inutile d'insister si vous n'avez pas un ouvre-boîtes sous la main.

Quand elle l'a décidé, cette fille est un véritable coffre-fort.

Camille soupira mais ne releva pas l'expression. Non loin d'eux, Maniel et Artis Valpierre, qui chevauchaient côte à côte, étaient engagés dans une discussion animée. Salim ne put s'empêcher de lancer une pique :

— Je ne savais pas que Maniel parlait. J'ai toujours cru qu'il était muet.

Camille l'attrapa par une oreille, qu'elle tordit.

— Tu es la seule personne qui mériterait d'être muette, lança-t-elle. Si tu continues à être aussi caustique, j'appelle Bjorn et je lui demande de te laver au sable.

— Je me tiens à ta disposition, comme toujours ! cria le chevalier qui avait suivi la conversation.

Salim réussit à libérer son oreille et se réfugia au fond du chariot.

— Personne ne m'aime ici, ronchonna-t-il. Si j'avais su, je serais resté chez moi.

Camille lui jeta un long regard scrutateur et il cessa immédiatement de jouer les martyrs.

— Je plaisante, ma vieille, précisa-t-il, je ne reviendrai jamais sur ce que je t'ai affirmé hier.

Son amie lui adressa un sourire charmeur et il se sentit fondre.

— C'est pas juste, expliqua-t-il à Bjorn pour se donner une contenance, comment peut-on se défendre contre de pareilles attaques !

— Tu parles de ton oreille ou de son sourire ? lui demanda le chevalier.

— Les deux, mon général ! lança maître Duom dans la liesse générale.

5

Affronter Edwin Til' Illan, un sabre à la main, revient à se jeter nu entre les griffes d'un tigre des prairies affamé. C'est ce que prétendent de nombreux spécialistes sans savoir de quoi ils parlent. On peut vaincre un tigre affamé !

Seigneur Saï Hil' Muran, *Journal de bord.*

L e soleil était haut et la chaleur étouffante lorsque la troupe atteignit un bourg qui s'étirait le long d'une rivière, l'Aimante. Ils s'installèrent à la terrasse d'une taverne ombragée par des arbres immenses aux feuilles parfaitement rondes. Pendant que Maniel et Artis Valpierre partaient à la recherche d'un cheval à acheter, maître Duom commanda les repas. Il jeta un œil soucieux à l'intérieur de sa bourse.

— J'espère que l'Empereur veillera à me dédommager, soupira-t-il. Cette expédition me coûte cher.

— Tu sais très bien, lança Edwin, que tu ne raterais ce qui se passe pour rien au monde, même si cela devait te coûter jusqu'à ta dernière pièce.

— C'est vrai, admit le vieil analyste, et je serais prêt à donner bien davantage, mais un remboursement de Sil' Afian serait tout de même le bienvenu !

Loin de compatir, Edwin sourit avant de se tourner vers Camille.

— Nous allons traverser une série de villages cet après-midi. La région est assez peuplée, nous ne risquons donc pas grand-chose. Ce soir nous devrions atteindre les lacs Ostengard. Nous camperons là-bas. Demain, nous aborderons les collines de Taj. C'est, avec la grande prairie, un des endroits les plus sauvages du Sud. Il nous faudra être prudents, nous risquons de faire de drôles de rencontres.

— Quel type de rencontres ? interrogea Salim. Des hommes ou des bêtes ?

— Un mélange des deux. Les collines sont sauvages mais, jusqu'à présent, la garde impériale veillait sur la piste qui les traverse. Les choses ont changé. La dernière fois que j'y suis passé, j'ai repéré des traces d'ogres.

— Des traces de quoi ? s'écria Salim.

— D'ogres. Je pensais qu'on n'en trouvait plus au sud d'Ombreuse, mais apparemment certains ont trouvé refuge dans les collines de Taj.

— Vous nous faites marcher, pas vrai ? questionna Salim d'un air dubitatif. Les ogres n'existent que dans les contes !

Il regarda tour à tour les adultes assis à la table. Ellana lui adressa une mimique compréhensive, mais ce fut Bjorn qui confirma.

— Ils existent, bonhomme, certifia-t-il, bien que le seul que j'ai vu ait été empaillé. Ça a suffi pour m'enlever toute envie d'en rencontrer un vivant.

— À quoi ressemblent-ils ? s'enquit Camille.

— Ils mesurent jusqu'à trois mètres de haut et sont à moitié aussi larges, exposa Edwin. Ce sont des humanoïdes carnivores incroyablement agressifs qui vivent seuls ou en petites bandes.

Salim poussa un sifflement.

— De sacrés animaux ! constata-t-il.

— Ce ne sont pas des animaux, du moins pas vraiment, intervint maître Duom. Ils ont une certaine vie sociale et un langage rudimentaire. Ils utilisent des outils, des armes simples, et certains ont été vus avec des vêtements.

— Il y aura d'autres surprises de ce genre ? s'inquiéta Salim.

— Plus nous monterons vers le Nord, plus ces surprises, comme tu dis, seront nombreuses, confirma Edwin. Un ogre n'est rien par rapport à une goule ou à un brûleur, et les Frontaliers font de ce type de monstres leur pain quotidien.

— Les Frontaliers ?

— Ce sont des hommes et des femmes qui habitent une citadelle dans les Marches du Nord. Ils surveillent la montagne depuis des générations, et plus particulièrement les Frontières de Glace, le seul passage praticable dans la chaîne du Poll.

— Je croyais qu'il y avait la guerre là-bas, remarqua Camille, et que les Raïs avaient passé les montagnes.

— C'est exact, mais la Citadelle est toujours là. Les Frontaliers sont coriaces, même pour les dents des Raïs. Certains prétendent que si l'Empire tombait, seuls les hommes du Nord continueraient à résister.

La fierté inhabituelle qui résonnait dans la voix du maître d'armes intrigua Camille.

Ce fut maître Duom qui leur donna la clef.

— Au cas où vous ne l'auriez pas deviné, notre valeureux guide est né dans la Citadelle des Frontaliers. C'est là qu'il a grandi et qu'il est devenu ce qu'il est. Vrai, Edwin?

Le retour de Maniel et Artis interrompit la conversation. Ils avaient acheté pour le rêveur un beau cheval gris pommelé qu'ils attachèrent avec les autres.

Ils repartirent en début d'après-midi, après un repas pris dans une atmosphère de franche camaraderie.

— J'ai l'impression d'avoir toujours vécu ici, souffla Salim à Camille, alors qu'ils grimpaient dans le chariot.

Camille approuva. C'était exactement ce qu'elle ressentait.

Ils arrivèrent aux lacs Ostengard alors qu'il faisait encore grand jour mais, s'en tenant à ce qu'il avait décidé, Edwin ordonna la halte.

— Pourquoi ne pas continuer un peu? s'étonna Bjorn.

— Ce serait stupide de nous engager de nuit dans les collines, expliqua Edwin. Nous serons obligés d'y dormir deux fois, cela suffit. Nous n'aurions de toute façon aucune chance de trouver un campement aussi accueillant que celui-ci.

L'endroit, en effet, était magnifique. Des arbres majestueux, ressemblant à des cèdres, descendaient jusqu'au bord d'un lac limpide. Le sol était recouvert d'un tapis d'aiguilles et de gros rochers blancs s'élevaient sur le rivage jusque dans l'eau.

Camille et Salim, qui avaient supporté vaillamment la chaleur, coururent se rafraîchir.

— Je pars chasser notre dîner, avertit Edwin. Tu sais tirer à l'arc, Bjorn ?

— À peu près aussi bien que je couds, répliqua le chevalier.

Edwin se tourna vers Ellana qui précisa :

— Je ne sais pas coudre, mais je touche une pièce à cent pas avec une flèche.

Bjorn la dévisagea, dubitatif.

— Je peux te le prouver, le défia-t-elle. Prends une pièce entre tes doigts et place-toi contre cet arbre, là-bas.

Le chevalier parut soudain très embarrassé. Ellana sembla toutefois considérer que la preuve de son talent était établie et n'insista pas. Elle fouilla dans son sac, en sortit trois pièces de bois incurvées qu'elle assembla en un clin d'œil. L'arme montée était fort différente du grand arc de chasse d'Edwin, mais n'en paraissait pas moins dangereuse. La jeune femme fixa un carquois de cuir dans son dos puis se tourna vers le maître d'armes.

— Je suis prête.

Ils s'enfoncèrent entre les arbres.

Bjorn contempla avec envie les adolescents qui s'amusaient dans l'eau.

— Je pense que si Edwin est parti sans nous faire de recommandations, c'est qu'il n'y a aucun danger, décréta maître Duom. Tu peux aller te baigner la conscience tranquille.

Le chevalier se tourna vers Maniel et Artis.

— L'aventure vous séduit-elle, compagnons d'armes ? lança-t-il.

Le rêveur refusa immédiatement, mais Maniel accepta avec plaisir. Maître Duom et Artis Valpierre, assis sur la berge, les regardèrent entrer dans l'eau.

— Tu n'as pas l'air très heureux de te retrouver parmi nous… constata l'analyste.

— Je ne crois pas qu'il soit ici question de bonheur, répondit le rêveur. J'ai fait vœu d'obéissance. Maître Carboist m'a demandé de vous accompagner, je vous accompagne. Voilà tout.

— Ce n'est guère flatteur pour nous, remarqua le vieil analyste.

— Je ne comprends pas ce que vous voulez dire.

— Aucune importance, soupira maître Duom. Montons le camp pendant que ces enfants s'amusent.

Quand Edwin et Ellana revinrent avec deux gros rongeurs ressemblant à des lapins géants, des cris provenant du lac les incitèrent à s'approcher de la rive.

Salim, juché sur les épaules de Bjorn, et Camille, perchée sur celles de Maniel, se livraient un combat acharné tandis que leurs montures les encourageaient en vociférant. La paire que formaient Salim et Bjorn finit par basculer, et leurs adversaires poussèrent des hurlements de joie.

— Un bain? proposa Ellana à Edwin.

— Excellente idée.

Près du chariot, Artis ouvrit de grands yeux.

— Elle ne va tout de même pas se déshabiller? jeta-t-il à maître Duom.

— Je ne savais pas que tu me trouvais si laide, répliqua Ellana qui avait entendu. Ta réflexion est un peu vexante et m'enlève l'envie de me baigner nue. Tant pis pour toi…

Le rêveur devint écarlate.

Camille regarda Edwin et la jeune femme entrer dans le lac côte à côte. Elle sourit en remarquant qu'ils formaient un couple vraiment bien assorti.

— À quoi tu penses? s'enquit Salim.

— À rien, microbe! À rien que tu puisses comprendre pour l'instant!

Dès que les baigneurs sortirent de l'eau, Edwin alluma le feu. Il embrochait un rongeur lorsque Ellana appela Salim.

— Tu es prêt? C'est l'heure de ton premier entraînement.

Le garçon se leva avec une mine réjouie.

— Je peux venir? demanda Camille.

Ellana la jaugea un moment du regard et finit par secouer la tête.

— Non, désolée! Nous allons commencer un vrai travail, il ne doit pas y avoir de spectateurs.

Elle avait l'air extrêmement sérieuse et Camille n'insista pas.

— Elle ne veut tout de même pas en faire un mar… commença Bjorn, tandis qu'Ellana et Salim s'éloignaient entre les arbres.

Il se tut lorsque Camille lui donna un coup de coude dans les côtes.

— Il est inutile de frapper cet homme à cause de moi, l'informa Artis Valpierre. J'appartenais au groupe de rêveurs qui a soigné Mlle Caldin. Je sais qu'elle est une marchombre. J'ai vu son matériel et le reste.

— Le reste? répéta Bjorn. Quel reste?

Artis devint une nouvelle fois écarlate. Maître Duom eut un rire sec et inquiet.

— Les marchombres forment une guilde très secrète. Rares sont ceux qui ont pu déshabiller un de ses membres et l'examiner, c'est ça Artis?

Le rêveur ne répondit pas.

— Je ne comprends rien, marmonna Bjorn.

Le vieil analyste secoua la main.

— Ce n'est pas grave, ce n'est pas grave.

La nuit était presque tombée et la viande rôtie à point lorsque Salim et Ellana regagnèrent le camp. Salim avait un air ravi que Camille ne lui avait jamais vu.

— Génial, se contenta-t-il de lui dire, c'était génial!

Plus tard, lorsque le feu fut devenu braises et que les animaux nocturnes commencèrent à se faire entendre, tout le monde se prépara à dormir.

Edwin avait tenu à mettre en place une garde, plus par habitude que par réelle nécessité. Quand Maniel prit le premier tour, Camille eut une pensée pour Hans, mort en veillant sur eux. Elle l'avait peu connu, mais elle commençait à se lier avec Maniel et cela la rapprochait de son ancien ami. Elle souhaita du fond du cœur qu'il n'y ait pas d'autres drames, tout en pressentant que son vœu ne serait peut-être pas exaucé.

Il y eut quelques bruits de corps qui bougeaient en cherchant le sommeil, puis ce fut le silence. Camille s'endormit.

6

*Les Ts'liches ressemblent à l'improbable croisement
d'un lézard et d'une mante religieuse, mais surtout leur
comportement est identique à celui de certains insectes
parasites. Pendant l'Âge de Mort, les Ts'liches ont
dominé les hommes, les faisant travailler comme esclaves
ou s'en servant de nourriture. Les fourmis procèdent de
même avec les pucerons...*

Elis Mil' Truif, maître dessinateur
à l'Académie d'Al-Jeit.

— Allez, hue Cocotte ! Hue Bourrichon !
La pente était raide et maître Duom
encourageait de la voix les chevaux qui tiraient le
chariot. Il leur donnait de temps en temps un léger
coup de fouet, mais n'appréciait pas d'être obligé
de le faire.

Ils s'étaient levés peu avant l'aube et, après avoir
déjeuné d'un morceau de pain d'herbes, s'étaient
rapidement mis en route.

Les collines de Taj, très escarpées, étaient couvertes d'une végétation dense, arbres touffus, épais
taillis, lianes et ronciers, d'où pointaient des affleurements rocheux propices aux embuscades.

Edwin était tendu. Il se tenait en éclaireur, hors
de vue, tandis qu'Ellana assurait la liaison avec le
reste de la troupe. Bjorn et Maniel chevauchaient

près du chariot et tous deux, malgré la chaleur, avaient endossé le pectoral de leur armure et enfilé leur heaume.

Artis semblait désemparé au milieu de ces gens au comportement martial. Il avançait, raide sur son cheval gris, en jetant de fréquents coups d'œil sur les frondaisons et dans les buissons.

Ce fut lui qui donna l'alerte.

— Làààààà ! hurla-t-il en tendant le doigt.

Son cri ne s'était pas éteint que les taillis se déchirèrent. Trois ogres se précipitèrent sur eux en poussant de terribles rugissements.

C'étaient bien les monstres hideux que Camille avait imaginés.

Ils avaient le front fuyant et le corps voûté, mais ils marchaient debout et tenaient à la main des massues taillées dans des troncs d'arbres. Les deux ogres les plus petits dépassaient deux mètres cinquante. Leur corps était recouvert d'une fourrure fauve, des crocs énormes pointaient hors de leur gueule. Le troisième était encore plus impressionnant. Il devait atteindre trois mètres de haut et était large comme deux humains.

Bjorn n'eut que le temps de faire pivoter sa monture et de dresser sa hache, ils étaient sur lui. Sous l'impact, son cheval plia les jarrets.

Camille crut que Bjorn allait retrouver l'équilibre, mais le poids de la hache de combat qu'il tenait au-dessus de sa tête l'entraîna. Il bascula à terre et un ogre se jeta sur lui. Les deux autres percutèrent l'attelage.

Le choc fut tel que le chariot se dressa presque à la verticale. Maître Duom fut éjecté de son banc et catapulté dans les buissons. Après avoir hésité à se retourner, le chariot retomba finalement d'aplomb. Camille, qui s'était cramponnée à une ridelle, se redressait lorsqu'un choc énorme fit trembler le plancher. Un ogre avait bondi sur le plateau. Il ouvrit une gueule énorme, ruisselante de bave, et avança vers elle.

Maniel sauta à son tour sur le chariot en refermant son heaume. Il leva sa lance de combat, mais l'arme ne se prêtait pas à un affrontement rapproché.

L'ogre lâcha sa massue et se tourna vers lui avec une impressionnante rapidité. Ses bras énormes l'encerclèrent, commencèrent à serrer, tandis que ses crocs cherchaient à se refermer sur sa gorge. Le soldat était toutefois une force de la nature, un véritable géant parmi les hommes, déterminé à se battre. Il enserra à son tour le torse du monstre.

Camille s'était recroquevillée dans un coin.

Maniel et l'ogre, campés sur leurs jambes écartées, oscillaient comme deux titans. Elle voyait les muscles formidables du soldat se nouer dans l'effort surhumain qu'il faisait pour étouffer la bête, mais elle entendait aussi les plaques de son pectoral gémir sous la contrainte et commencer à céder.

Pendant ce temps, Bjorn essayait d'attraper sa hache tombée plus loin, tout en repoussant les attaques du monstre qui le criblait de coups.

Le troisième ogre, le plus gros, venait d'abattre sa massue sur le cheval d'Artis Valpierre. Elle l'atteignit sur le flanc et le projeta sur le côté. Déséquilibré, le rêveur tomba à terre et l'ogre se dressa au-dessus de lui, écumant de fureur. Artis évita le premier coup de massue en roulant sur lui-même.

Ellana arriva alors sur son cheval lancé à pleine vitesse.

Camille la vit se lever sur sa selle. Au moment où elle parvint à la hauteur des combattants, elle lâcha les rênes et bondit. Elle effectua un saut périlleux avant en tirant les deux lames qu'elle portait à la hauteur des mollets, et retomba sur le dos de l'ogre, entourant son torse de ses jambes. Ses poignards se plantèrent jusqu'à la garde dans le cou du monstre. La jeune femme effectua un saut périlleux arrière et retomba trois mètres plus loin, en position de combat. Elle sortit deux autres lames de sa ceinture. L'action n'avait pas duré plus de cinq secondes.

L'ogre poussa un hurlement de rage. Sans se soucier des couteaux fichés dans son cou, il se précipita sur Ellana. Sa massue décrivit une courbe meurtrière qu'elle évita en se baissant. Elle se glissa sous les bras de la créature et planta ses poignards dans son ventre avant de s'écarter.

Le monstre la suivit, malgré les armes qui le transperçaient.

L'affrontement de Bjorn et de l'ogre décidé à le mettre en pièces détourna l'attention de Camille. Le chevalier avait de plus en plus de difficultés à repousser son adversaire, et ses gestes devenaient convulsifs.

Salim, qui s'était approché subrepticement, passa à l'action. Sa jambe droite se détendit comme un ressort et son talon percuta le menton de l'ogre. Le coup, plus précis que puissant, attira cependant l'attention du monstre qui tourna la tête vers ce nouvel assaillant. Le coude de Salim lui heurta violemment l'arcade sourcilière. L'attaque du garçon, dérisoire, suffit pourtant à le distraire.

La main de Bjorn se referma sur sa hache.

Le chevalier se mit sur un genou et la projeta avec toute la violence dont il était capable. Le tranchant de la lame se ficha dans la gorge de l'ogre et un flot écarlate jaillit. Bjorn se releva avec difficulté, prêt à reprendre le combat mais, après avoir titubé un instant, le monstre s'écroula et ne bougea plus.

De son côté, Ellana était en mauvaise posture.

— Ton couteau ! cria-t-elle à Artis Valpierre, toujours prostré à terre bien qu'indemne.

Elle tendit la main vers le rêveur qui ne bougea pas. Camille vit l'ogre arriver sur la jeune femme. Elle avait promis à maître Duom de ne plus dessiner tant qu'ils ne seraient pas en sécurité, mais, sans s'en rendre compte, elle se jeta dans l'Imagination.

Ce fut encore plus rapide que les fois précédentes.

Une lame étincelante apparut dans le poing d'Ellana au moment où les bras de l'ogre se refermaient sur elle. La jeune femme saisit le manche à deux mains et frappa de toutes ses forces vers le haut. Le sang se mit à couler abondamment et la créature desserra son étreinte pour attraper le coutelas qui lui transperçait les mâchoires.

Ellana comprit en une fraction de seconde que Camille avait créé l'arme qu'elle venait d'utiliser et qu'elle pouvait encore compter sur son aide. Elle ouvrit les bras en grand et un poignard se matérialisa dans chacune de ses mains. Elle enfonça les deux lames jusqu'à la garde dans les flancs du monstre.

L'ogre rugit malgré l'affreuse blessure qu'il avait à la gueule. Ses yeux se voilèrent et il vacilla, avant de s'abattre comme une masse, mort.

À cet instant, Edwin arriva au galop, brandissant son sabre. Le dernier combat s'achevait.

Les muscles titanesques de Maniel accentuèrent leur pression. L'ogre, pris dans cet étau mortel, voulut rugir, mais l'air n'arrivait plus à ses poumons. Le soldat serra encore. Il y eut un craquement, puis un deuxième avant qu'il ne relâche son étreinte. Le chariot trembla lorsque l'ogre s'effondra, sans vie. Maniel jeta un coup d'œil autour de lui. S'avisant que le combat était fini, il se tourna vers Camille.

— Mon armure, réussit-il à proférer, défais mon armure.

Elle se précipita. L'ogre avait complètement enfoncé le pectoral et le soldat ne parvenait plus à respirer. Camille sortit le poignard que lui avait offert Ellana et sectionna les liens de cuir. Une à une, les plaques déformées se détachèrent. Maniel s'assit et, les mains posées sur les genoux, reprit son souffle. Rassurée sur son sort, Camille s'inquiéta des autres.

Salim était en train de libérer Bjorn de son armure, qui avait subi le même traitement que celle de Maniel. Ellana récupérait ses poignards sans s'occuper d'Artis, toujours assis par terre, tandis qu'Edwin, descendu de cheval, contemplait sans un mot le champ de bataille.

— Maître Duom! s'exclama soudain Camille.

Elle sauta du chariot et tous se précipitèrent à sa suite. Le vieil analyste gisait dans un buisson, inconscient. Edwin le dégagea délicatement puis l'allongea sur la piste. Il se pencha sur sa poitrine.

— Il vit ! cria-t-il au bout d'un instant. Son cœur bat. Faiblement, mais il bat.

Artis Valpierre prit place près de maître Duom. Ulcérée par son comportement durant le combat, Ellana contemplait le rêveur avec un mépris évident. Elle se taisait à grand-peine et, finalement, préféra se détourner et s'éloigner.

Camille concentra son attention sur Artis. Le rêveur palpait doucement le crâne de l'analyste. Elle sentit naître un dessin mais, à sa grande surprise, elle n'en discerna ni les traits ni les couleurs. Artis était en train de dessiner, elle en était certaine, pourtant elle ne percevait rien. Elle se rappela les mots de maître Duom : « Les rêveurs pratiquent un art dérivé du dessin qui leur est propre. »

À la demande d'Edwin, ils s'écartèrent pour ne pas gêner le travail du rêveur.

Maniel et Bjorn allèrent examiner ce qui restait de leurs armures.

— La mienne est fichue ! constata le chevalier.

— La mienne aussi !

Les deux hommes se regardèrent.

— Belle bagarre, non ? lança Bjorn.

Maniel acquiesça en se tenant les côtes.

— Cassées ? s'inquiéta Ellana.

— Non, je ne crois pas. J'ai l'impression d'avoir été emporté par une avalanche, mais la cuirasse a encaissé une bonne partie de la pression à ma place.

Ellana regarda l'ogre étendu dans le chariot.

— En tout cas, bravo. Je ne savais pas qu'un homme pouvait étouffer un monstre pareil.

— Bravo à toi aussi, rétorqua Maniel. Je ne savais pas qu'une femme pouvait en tuer un à coups de couteaux.

— J'ai reçu de l'aide, n'est-ce pas Camille ?

La jeune fille s'approcha en contournant l'ogre étendu près du chariot. Ellana posa ses mains sur ses épaules.

— Merci ma sœur, tes lames m'ont sauvé la vie.

Camille sourit, heureuse du qualificatif utilisé par la jeune femme.

Elle examina le monstre tué par Ellana. Le premier poignard qu'elle avait dessiné était toujours planté dans sa gorge. Les autres avaient disparu. La jeune femme suivit son regard et s'approcha pour libérer l'arme d'un coup sec.

— J'ai récupéré les miennes, dit-elle, celle-ci t'appartient.

Camille fronça les sourcils. D'après maître Duom, les objets créés par les dessinateurs n'existaient que pour un temps limité, quelques secondes, rarement davantage, mais finissaient toujours par disparaître. Pourtant le poignard était encore là. Sa lame, affûtée comme un rasoir, brillait d'un éclat adamantin et son pommeau était orné d'un cristal taillé en boule.

— Je ne sais pas si tu en profiteras longtemps, l'avertit Camille, mais cette arme est à toi. C'est le cadeau d'une sœur.

Ellana embrassa Camille et se tourna vers Salim.

— Et toi, espèce de jeune fou, pour qui te prends-tu ? Te lancer dans un pareil assaut après une seule leçon !

61

Salim sourit avec insolence.

— Appui sur une jambe, coup de pied tendu, ça a marché, non?

— C'est vrai, mais tu as eu de la chance qu'il ne t'arrache pas une cheville.

Bjorn vola au secours de Salim.

— Tu m'as sauvé la vie, bonhomme. Cet ogre était en train de me réduire en purée à l'intérieur de mon armure. Je te remercie. Nous sommes maintenant frères de combat.

— Eh bien, Camille a une sœur, maître Duom nous sert de grand-père et je viens de me trouver un frère, constata Salim. On peut dire que la famille évolue!

Il était railleur à son habitude, pourtant quand Bjorn le prit dans ses bras, il lui rendit son accolade avec force.

— Maître Duom va s'en sortir, déclara Edwin qui revenait vers eux. Il est simplement assommé. Comment vont les chevaux?

Bjorn et Maniel échangèrent un regard confus et se précipitèrent vers les montures. Le cheval de Bjorn était indemne, mais celui d'Artis semblait souffrir. Le soldat palpa délicatement son flanc.

— Il doit avoir une ou deux côtes fêlées, diagnostiqua-t-il. Il faudra éviter de le monter pendant quelques jours.

Edwin se joignit à eux pour faire basculer l'ogre mort du chariot. Ils le roulèrent ensuite avec les autres sur le bord de la piste.

— Vous croyez que nous en rencontrerons d'autres? demanda Camille.

— C'est fort possible, répondit Edwin, soucieux. Qu'ils aient été trois laisse à penser qu'il s'agit de mâles chassant pour un groupe plus important. Ne traînons pas ici.

Les hommes, suivant les instructions d'Artis, chargèrent maître Duom dans le chariot. Le vieil analyste n'avait toujours pas repris connaissance. Le rêveur prit les rênes et la troupe se mit en route.

— Nous allons adopter une formation plus serrée, décida Edwin.

Camille sourit discrètement. Le maître d'armes n'avait pas commenté l'affrontement, mais son visage fermé témoignait de la blessure de son amour-propre. Il n'avait pas vu le danger et le combat s'était déroulé sans lui. Cela devait être difficile à accepter pour quelqu'un comme Edwin Til' Illan.

7

Un dessinateur arpentant les Spires sait quand un dessin est réalisé quelque part, surtout s'il s'agit d'une création ambitieuse. Cette perception est très personnelle. Certains disent qu'ils voient, d'autres qu'ils entendent, ou qu'ils sentent. La vérité est qu'il n'y a pas de sens pour décrire ce qu'on imagine et donc pas de verbe pour en parler…

Elis Mil' Truif, maître dessinateur
à l'Académie d'Al-Jeit.

Maître Duom reprit conscience peu de temps avant la pause de midi.

Pendant le trajet, Artis Valpierre avait demandé plusieurs fois à Salim de prendre les rênes pour vérifier l'état de l'analyste. Salim n'avait pas osé lui avouer qu'il n'avait mené l'attelage qu'une seule et brève fois, et s'était assis à sa place. Il s'en était plutôt bien sorti. Il faut dire que les chevaux, dociles, suivaient la piste à un rythme régulier.

À son réveil, maître Duom eut quelques difficultés à se remémorer les événements et, pendant le repas, Camille prit la peine de lui raconter l'attaque des ogres.

— Tu as dessiné ! s'inquiéta-t-il.
— Un tout petit dessin, minimisa Camille.

— Tu ne sais pas de quoi tu parles, grogna maître Duom. Tes dessins, même les plus anodins, font un vacarme terrible dans les Spires, crois-moi. Montre-moi le poignard que tu as créé.

Ellana lui tendit l'arme qu'il examina en détail, une ride d'inquiétude barrant son front.

— Cette arme est réelle, Ewilan, lança-t-il finalement.

— Je sais, s'étonna-t-elle. Comme tous les dessins, non ? Elle dure juste un peu plus longtemps et…

— Non ! Elle a basculé entièrement dans la réalité. Dans cinq siècles ce poignard sera toujours là, aussi brillant, aussi affûté. Comment l'as-tu imaginé ?

— Je ne sais pas, se défendit Camille. C'était urgent, voyez-vous, je n'ai pas pris le temps de réfléchir.

— C'est un tort ! asséna maître Duom, intraitable. Il faut toujours réfléchir avant d'agir. Fais un effort, comment l'as-tu imaginé ?

— Je crois, essaya Camille, que je l'ai voulu solide et tranchant. Efficace !

— Évidemment, soupira-t-il. Maintenant écoute-moi. La plupart des dessinateurs, quand je dis la plupart, je devrais dire la quasi-totalité, ne sont capables de créer que des choses éphémères. Et c'est très bien ainsi. Quant aux rares dessinateurs vraiment doués, ils s'appliquent à agir de même.

— Mais pourquoi ? s'étonna Camille.

Pour toute réponse, maître Duom abattit le couteau sur une des pièces d'armure que Bjorn était en train d'examiner. L'acier tinta, mais, quand le vieil homme fit scintiller la lame au soleil, tous virent que son fil était parfaitement intact.

— Tu l'as rêvé solide ? reprit-il. Il est indestructible. Tu l'as rêvé tranchant ? Regarde !

Maître Duom promena la lame sur le rebord du chariot. Elle s'y enfonça comme si le bois avait été du beurre.

— Un dessinateur joue avec les forces de la nature, il ne les viole pas. Ta création est un outrage à la réalité. Tu comprends maintenant ?

Camille acquiesça en silence. Le vieillard tendit le poignard à Ellana, qui le détailla avec stupéfaction avant de le remettre à la ceinture.

— Tu dois prendre conscience que dessiner cette arme a fait beaucoup plus de bruit dans l'Imagination que ton orage de la semaine dernière. Les Ts'liches savent que tu es revenue. Ils savent également où tu es !

Camille se sentit honteuse.

— Je suis désolée, s'excusa-t-elle.

— Ça ne sert à… commença maître Duom, mais Ellana lui coupa la parole.

— Ça suffit ! La petite a sauvé ma vie, la sienne et certainement la tienne et celle des autres. Que seraient devenus Bjorn et Maniel avec un ogre de plus sur le dos et qu'aurait fait Edwin, tout Edwin qu'il est, face à trois de ces monstres et à nos cadavres ?

— Je pense que…

— Non ! Tu veux qu'elle éveille les Figés, tu veux qu'elle dessine de manière irréprochable, tu veux qu'elle soit parfaite, tu ne tolères aucune erreur. Alors arrête de la critiquer, vieille bourrique, enseigne-lui ce qu'elle doit savoir !

Il y eut un long silence.

La tirade d'Ellana avait retenti, véhémente, et personne n'osait parler. Maître Duom restait immobile, comme tétanisé. Finalement, Artis Valpierre se racla la gorge.

— Peut-être… esquissa-t-il.

Il n'aurait pas dû. La colère d'Ellana n'était pas retombée. L'intervention du rêveur la mit en fureur.

— Toi, cria-t-elle, tu te tais ! Tu n'es qu'une minable lavette, lâche et stupide. Il y a plus de courage dans le petit doigt de Salim que dans ton corps entier de rêveur. Tu es resté à plat ventre pendant que ces enfants se battaient à ta place, tu m'écœures !

Artis avait reçu chaque phrase comme une claque. Il rougit, puis blêmit. Un tic agita sa joue et, quand il parla, ce fut en réprimant difficilement les tremblements de sa voix.

— Tu oublies que j'ai vu tes mains, proféra-t-il comme si ses mots avaient été du venin.

Il y eut un chuintement et une lame d'acier brilla dans le poing de la jeune femme. Maniel voulut s'interposer, mais Edwin l'arrêta.

— Laisse, jeta-t-il. Il n'aurait jamais dû dire ça.

Sa voix était dure, sans réplique, et le soldat se rassit.

Ellana s'approcha lentement d'Artis. Elle se mouvait avec une grâce féline, presque hypnotique, et Camille crut entendre un improbable murmure sortir de sa gorge. Le rêveur se leva avec difficulté. Ellana était à un mètre de lui.

Un sort de pétrification semblait avoir été jeté sur l'assemblée. Jusqu'aux respirations qui étaient devenues imperceptibles.

Camille prit conscience que, même en le voulant très fort, elle ne parvenait pas à faire le moindre mouvement. Elle se rappela comment le mercenaire du Chaos l'avait hypnotisée. La sensation était identique.

La jeune marchombre tendit le bras et attrapa le rêveur derrière la nuque. Elle appuya de l'autre main sa lame contre sa gorge. Ensuite, implacable, elle l'attira vers elle et lui parla à l'oreille. Malgré le silence absolu, personne n'entendit un seul mot de ce qu'elle disait. De blême, le teint d'Artis devint translucide. De grosses gouttes de sueur apparurent sur son front avant de rouler jusqu'à ses joues. Quand Ellana le lâcha, une longue estafilade rouge barrait son cou. Elle le regarda avec mépris et se détourna.

— Je vais respirer plus loin, annonça-t-elle. Appelez-moi quand nous partirons.

Elle s'éloigna sans attendre de réponse. Artis Valpierre s'affaissa plus qu'il ne s'assit tandis que Bjorn secouait la tête, comme s'il sortait d'un rêve.

— Qu'est-ce que c'est que cette histoire ? grogna-t-il. Qu'est-ce que ses mains ont de spécial ?

— Tu veux aller la questionner ? répliqua sèchement Edwin.

— Euh… non, pas vraiment !

— Alors tais-toi et oublie !

Camille ignorait contre qui le maître d'armes était en colère. Elle comprit lorsqu'il s'approcha d'Artis.

— Ellana est une marchombre, affirma-t-il d'une voix dont il avait gommé toute émotion, et pendant qu'elle s'occupait de toi, elle a utilisé ses dons pour nous immobiliser. Je connais certaines techniques de sa guilde et j'aurais pu bouger. Mais je jure que si elle avait décidé de t'égorger, je n'aurais pas bronché.

Le rêveur était décomposé. Edwin lui porta l'estocade finale.

— Ta vie est en suspens, Artis. Elle peut changer d'avis n'importe quand et, si j'étais elle, je n'hésiterais pas.

Le maître d'armes se tourna ensuite vers les autres, qui avaient écouté sa tirade avec stupéfaction.

— Nous repartons, lança-t-il. L'endroit est malsain.

Ellana rejoignit la troupe au moment où elle se mettait en marche. Elle paraissait avoir tiré un trait sur ce qui s'était passé et avait retrouvé son sourire habituel. Elle alla même jusqu'à s'excuser auprès de maître Duom.

— J'ai été un peu vive, se reprocha-t-elle.

— Non, tu as certainement eu raison de dire ce que tu as dit, admit le vieil homme, bien que cela n'ait pas été très agréable à entendre. Nous demandons beaucoup à Ewilan et je dois modérer mes exigences.

Camille, qui écoutait avec attention, hocha la tête, et l'analyste s'en aperçut.

— Nous allons travailler, Ewilan, promit-il. Je m'efforcerai d'être un professeur patient.

Il se tourna ensuite vers Ellana.

— Néanmoins, ajouta-t-il avec une grimace, si tu t'abstenais de me traiter à nouveau de vieille bourrique, j'apprécierais le geste.

Ellana éclata de rire et son hilarité rendit le sourire au reste de la troupe. Seul Artis Valpierre, qui chevauchait à l'arrière, resta perdu dans ses pensées moroses.

8

Trois mille ans ! C'est la période estimée de présence des hommes en Gwendalavir. Et avant ? Tout laisse à croire que nous sommes originaires de l'autre monde. Une migration, si le terme convient, aurait conduit nos ancêtres jusqu'ici. Le Grand Pas !

Elis Mil' Truif, maître dessinateur
à l'Académie d'Al-Jeit.

Les Raïs les attaquèrent en milieu d'après-midi.

Ils avaient atteint le fond d'une combe. Salim regardait avec appréhension la longue montée qui les attendait lorsque les cris s'élevèrent. Edwin se retourna et poussa une série de jurons. La piste à cet endroit était assez rectiligne, la horde se découpait nettement en haut du col qu'ils venaient de franchir.

Camille eut un hoquet de dégoût. Les Raïs étaient encore loin, au moins trois cents mètres, mais elle voyait déjà à quel point ils étaient monstrueux.

Plus petits que des hommes, ils étaient beaucoup plus trapus. Leur démarche était chaloupée, leurs gestes frénétiques. Ils portaient des morceaux d'armures disparates et brandissaient un armement hétéroclite, allant de l'épée à la lance en passant par le fléau et la massue. En poussant des hurlements sauvages, ils dévalèrent la pente dans leur direction. Ils étaient une cinquantaine.

Edwin regarda autour de lui, observa la montée qui les attendait et aboya un ordre :

— Descendez de cheval ! Laissez tout, sauf vos armes, et suivez-moi !

Il écarta deux buissons sur le côté de la piste, révélant un passage à peine marqué, certainement un sentier d'animal sauvage. Il s'y engagea en criant :

— Ewilan, derrière moi ! Bjorn, Maniel, à l'arrière ! S'ils se rapprochent, arrêtez-vous et bloquez-les !

Il s'enfonça entre les arbres, essayant de progresser le plus rapidement possible, et Camille le suivit en se demandant s'il ne devenait pas fou. Se frayer un chemin dans ces taillis inextricables était presque impossible.

De plus, les Raïs bénéficieraient de la trouée que leur passage ouvrait dans le sous-bois. Ils seraient sur eux en moins de trois minutes.

Soudain, le layon s'élargit pour devenir une piste. Edwin accéléra.

Camille fut vite essoufflée, mais ce n'était rien par rapport à maître Duom. Le vieil analyste était hors d'haleine et ne parvenait à suivre qu'à grand-peine.

Les cris des Raïs se firent entendre, plus distincts.

Edwin et Camille étaient en tête, suivis de Salim et d'Ellana. Maître Duom, épuisé, courait juste derrière Artis, devant Bjorn et Maniel.

Ils arrivèrent à une intersection. Là, Edwin perdit plusieurs secondes à scruter le sol. Il choisit enfin une voie et reprit sa course. Camille crut un instant que le sentier disparaissait, mais au détour d'un taillis il lui apparut de nouveau, plus large, permettant le passage de deux hommes.

À l'arrière, Bjorn exhortait maître Duom :

— Courage ! Nous sommes bientôt arrivés !

« Arrivés où ? songea Camille. Et peut-on vraiment semer ces créatures ? »

Elle comprit que le chevalier ne cherchait qu'à encourager le vieil homme, repoussant ainsi l'échéance tragique d'un combat perdu d'avance. Les hurlements des Raïs étaient maintenant tout proches. Camille risqua un regard en arrière et aperçut celui qui menait la poursuite.

C'était un humanoïde trapu, au faciès porcin. Deux crocs jaunes pointaient sous sa lèvre inférieure, sa peau verdâtre était couverte de pustules. Il portait une armure légère hérissée de pointes et de lames et tenait à la main un sabre recourbé. Derrière lui couraient quatre autres Raïs, aussi monstrueux. Maniel dut sentir que l'affrontement était inévitable. Il stoppa net et pivota, pointant sa lance de combat. Le premier Raï s'y embrocha.

À son tour Bjorn s'arrêta. Il balança sa lourde hache et se rangea à côté du soldat. Edwin attrapa Camille par l'épaule.

— Cours ! ordonna-t-il.

Elle obéit.

Rapidement, le bruit du combat s'estompa. Camille sentit son cœur se serrer. Bjorn et Maniel venaient-ils de se sacrifier pour qu'elle survive ?

Edwin la faisait louvoyer entre les troncs d'arbres gigantesques, les taillis impénétrables, les ronciers agressifs. Elle devait sans cesse se courber pour éviter des branches basses, bondir par-dessus des souches, mais la piste qu'ils suivaient se précisait comme si elle était empruntée régulièrement.

Juste derrière elle, Salim et Ellana couraient à foulées régulières. Il lui semblait être la seule à souffrir autant. Son cœur battait la chamade, un point de côté lui perçait le flanc, ses jambes se faisaient de plus en plus lourdes. Le sentier commença à sinuer entre d'énormes rochers. Camille crut que ses poumons allaient exploser.

Soudain, Edwin s'arrêta.

Les autres faillirent le percuter et le maître d'armes leur adressa un signe péremptoire. Il écoutait attentivement, son attention braquée vers l'avant.

Maître Duom et Artis Valpierre arrivèrent à leur tour. Le vieil homme était pâle. Il avait des difficultés à respirer et se tenait la poitrine. Le rêveur le soutenait de son mieux.

Edwin écoutait toujours.

Finalement, il se tourna vers ses compagnons.

— Vous allez attendre mon signal, murmura-t-il, puis vous foncerez tout droit. Le sentier descend en pente raide et rejoint la piste principale, pas très loin de l'endroit où nous l'avons quittée. Quoi qu'il advienne, ne vous arrêtez pas !

Ellana voulut poser une question, mais Edwin lui fit signe de se taire. Son attention se portait maintenant vers l'arrière. Des bruits de course retentirent et Edwin sourit, soulagé. Bjorn et Maniel apparurent au détour du sentier. Ils étaient couverts de sang, mais ne paraissaient pas blessés.

Quand le chevalier voulut expliquer ce qui s'était passé, Edwin lui intima le silence.

Quelques secondes plus tard, les hurlements des Raïs retentirent, faisant sursauter Salim qui voulut se remettre à courir. Edwin lui saisit l'épaule.

— Attends !

Le premier Raï apparut, à moins de dix mètres. Il sembla étonné de les voir si près et ralentit sa course.

— On y va ! hurla Edwin.

Entraînant Camille par le bras, il s'élança. Les autres suivirent.

Le maître d'armes avait raison. Le sentier descendait, d'abord imperceptiblement, puis de manière plus marquée. Les rochers étaient de plus en plus élevés autour d'eux et il fallait faire continuellement attention à ne pas trébucher sur le sol accidenté.

Soudain le terrain redevint plat, la végétation s'éclaircit et ils arrivèrent dans une clairière, les Raïs sur leurs talons.

La trouée était occupée par une poignée de huttes massives, grossièrement construites. Une douzaine d'ogres se trouvaient là.

Abasourdis par l'arrivée des humains, ils ne réagirent pas immédiatement. Lorsqu'ils commencèrent à bouger, les compagnons avaient presque traversé la clairière.

Un ogre se dressa toutefois sur leur passage. Sans ralentir, Edwin tira son sabre de derrière son épaule et fouetta l'air en un fulgurant aller-retour.

Le monstre s'écroula.

Ils atteignirent l'orée de la forêt.

— Foncez ! ordonna Edwin. Je vous rattraperai plus loin. Bjorn, prends la tête !

74

Le chevalier obéit et Edwin s'arrêta. Ellana se rangea à ses côtés. Il la regarda avec un sourire, mais resta silencieux. Le reste du groupe s'enfonça dans le bois.

Dans la clairière, les Raïs percutèrent le groupe d'ogres. Des hurlements de fureur s'élevèrent et la mêlée devint générale. Ellana vit un ogre déchaîné se servir du corps d'un Raï pour faire le vide autour de lui. Un autre, pourtant lardé de coups d'épée, rugissait en fracassant des crânes et en arrachant des bras. Quand il devint évident que les ogres avaient le dessus, Edwin se tourna vers Ellana.

— On peut y aller, décida-t-il.

La jeune femme le fixait, admirative.

— Comment savais-tu qu'il y avait un camp ogre ici ?

— J'ai longtemps vécu dans les Marches du Nord. Là-bas, les ogres sont presque aussi nombreux que les siffleurs le sont ici. Ils se comportent d'une façon assez prévisible. Il n'était pas difficile de les retrouver.

Ellana hocha la tête.

— Ils ne vont pas nous poursuivre ?

— Non. Les ogres ne sont pas assez intelligents, et avec les Raïs, ils auront à manger pour au moins une semaine. L'estomac est la seule chose qui compte pour eux. Allez, on y va.

Après un dernier coup d'œil sur la clairière où la horde raï se faisait tailler en pièces, Edwin et Ellana s'élancèrent sur le sentier.

Ils rattrapèrent les autres sur la piste principale alors qu'ils rassemblaient les chevaux. Du regard, maître Duom interrogea Edwin.

— C'est bon, l'informa celui-ci. Nous sommes tranquilles jusqu'au prochain paquet-cadeau que nous enverront les Ts'liches.

— Mais que diable fabriquaient-ils ici? ragea Bjorn. Je croyais que les Raïs étaient au Nord en train d'affronter l'armée impériale.

— Ils y sont, répliqua Edwin. Ceux-là ont été envoyés par les Ts'liches.

— Les Ts'liches se sont guidés à mon dessin, j'en ai conscience, déclara Camille. Mais comment peuvent-ils s'assurer que leur plan a fonctionné?

Maître Duom avait du mal à récupérer et Artis se tenait près de lui, de manière à intervenir rapidement en cas de problème. Le vieil analyste tint toutefois à répondre.

— Ils ne peuvent pas le savoir en restant là où ils sont, expliqua-t-il. Les Raïs étaient de toute façon sacrifiés, car je doute que les Ts'liches aient eu l'intention de les renvoyer vers le Nord. Il est probable, par contre, que l'un d'eux prendra le risque d'effectuer un pas sur le côté pour vérifier que tu as été tuée. Mais pas tout de suite. D'ici là, il faut que tu t'abstiennes du moindre dessin. Nous devons quitter cette piste au plus vite. Edwin?

Le maître d'armes hocha la tête.

— Plus facile à dire qu'à faire, indiqua-t-il. Tant que nous serons dans les collines de Taj, nous ne trouverons pas d'autre route que celle-ci. Dans deux jours, les choix seront plus nombreux.

— Et si nous ne nous arrêtons pas cette nuit? hasarda Salim.

— Alors, demain soir, nous serons sortis des collines. Mais nous serons épuisés et si nous faisons une mauvaise rencontre, elle risque de mal tourner.

Le garçon eut l'air gêné.

— Je ne voulais pas me mêler de ce qui ne me regarde pas, s'excusa-t-il.

— Ne te reproche rien, le rassura Edwin, tu n'as pas dit de bêtise, au contraire. Je pense d'ailleurs que nous allons courir ce risque et miser sur une traversée rapide des collines. Duom, tu t'installes à l'arrière du chariot avec Artis. Non, ne proteste pas, ça ne servirait à rien. Salim, tu mènes l'attelage, d'accord ?

Le garçon carra les épaules. Sans lui accorder le temps de fanfaronner, Edwin poursuivit :

— Ewilan, tu grimpes à côté de Salim. Ce sera lourd dans les côtes, mais nous n'avons pas le choix. Ellana, Maniel et…

— Je peux prendre le cheval de Hans, le coupa Camille.

— Tu sais monter ? s'étonna Edwin.

— Je n'ai jamais essayé, répondit-elle tranquillement, je crois pourtant que je peux y arriver.

Edwin la jaugea un instant, puis accepta.

— Pourquoi pas ? Nous serons vite fixés. Si tu y parviens, ce sera plus facile pour établir un roulement de repos dans le chariot.

— Prends Murmure, proposa Ellana. Il est plus doux que les étalons de guerre qu'utilisent ces tas de muscles.

Le cheval noir de la jeune femme était fin, plus petit que les autres, avec un regard calme et intelligent. Camille l'avait trouvé magnifique dès leur première rencontre.

Elle s'approcha de lui et le gratta entre les yeux comme elle avait vu ses compagnons faire. Le cheval accepta volontiers la caresse.

— Je suis sûre que tu t'en sortiras, observa Ellana, ton comportement est juste, il a déjà confiance en toi.

La jeune femme lui expliqua rapidement les techniques de base avant de l'aider à se hisser sur la selle.

— Alors ? demanda-t-elle. Comment te sens-tu là-haut ?

Camille eut du mal à répondre. Elle s'adaptait à la situation avec l'aisance d'une cavalière expérimentée, ce qui la troublait un peu. Se pouvait-il que son corps ait conservé une mémoire dont son esprit avait été privé ?

— Génial ! finit-elle par dire.

— Alors, en route, lança Edwin.

Salim regardait son amie juchée sur le cheval avec une pointe de jalousie, mais il avait une mission et, quand il prit les rênes, il se sentit soudain aussi important que Camille. Il retrouva son sourire.

— Hue Cocotte ! Hue Bourrichon ! cria-t-il.

L'attelage s'ébranla pour attaquer la montée. Camille était parfaitement à l'aise sur le dos de Murmure. Le cheval répondait à chacune de ses sollicitations comme s'il devinait à l'avance ce qu'elle pensait et veillait à son équilibre et à son confort. Ellana, qui avait enfourché la monture de Hans, chevauchait à côté d'elle.

— Tu t'en sors à merveille, commenta-t-elle. C'est à croire que tu as passé ta vie sur le dos d'un cheval.

9

Les rêveurs n'arpentent pas les Spires, mais ils dessinent. Leur dessin est centré sur le fonctionnement de l'être humain, du mouvement de ses membres jusqu'à la structure de ses cellules. Nous rêvons et nos rêves guérissent.

Maître Carboist, *Mémoires du septième cercle.*

Lorsque la nuit tomba, les compagnons continuèrent à avancer, éclairés d'abord par les étoiles puis par la lune qui se levait. Chevaucher dans ces conditions était une expérience formidable et, quand Edwin lui enjoignit d'aller dormir dans le chariot, Camille sursauta.

— Je ne suis pas fatiguée, s'étonna-t-elle.

Elle quitta Murmure avec regret et s'allongea entre les sacs à la place que venait de libérer Maniel. Artis Valpierre, toujours près de maître Duom, paraissait soucieux. Le vieil analyste se trouvait dans un état second, oscillant entre veille et sommeil, avec des difficultés à respirer et une douleur dans la poitrine.

— Je ne peux pas encore me prononcer, expliqua le rêveur. Il est sous le coup d'une fatigue extrême qui perturbe mon diagnostic. Il faut attendre.

Camille ne trouva rien à dire. Elle savait seulement que le vieil homme ne devait pas mourir. C'est avec cette pensée qu'elle ferma les yeux.

Plus tard dans la nuit, Ellana la tira d'un sommeil sans rêve. Salim dormait, roulé en boule à côté d'elle, Artis menait l'attelage. Maître Duom ne bougeait pas et, dans l'obscurité, elle ne vit pas s'il était éveillé.

— Murmure t'attend, chuchota la jeune femme.

Camille sourit et se dressa. Le cheval noir marchait, le flanc collé contre la ridelle du chariot. Elle n'eut qu'à l'enjamber pour se retrouver sur son dos. Ellana se coucha à la place de Camille et la nuit continua à se dérouler, interminable.

Une éternité plus tard, le ciel pâlit, de nouveaux bruits montèrent des taillis. Les animaux diurnes sortaient de leurs tanières. Camille se sentait détendue, presque euphorique.

Peu à peu, les étoiles s'estompèrent, le jour s'installa. Edwin annonça une halte à un endroit où la visibilité était bonne, pour qu'ils se restaurent.

— Nous ne risquons plus grand-chose, annonça-t-il. Je ne pensais pas que nous progresserions aussi vite. Nous quitterons les collines en milieu de journée. Atteindre Al-Jeit ne sera plus qu'une formalité, surtout lorsque nous aurons traversé le Pollimage.

Maître Duom allait mal.

— Il a besoin de repos, déclara Artis Valpierre. Mon art de rêveur est impuissant si on ne donne pas le temps à son corps de récupérer.

Le vieil analyste était toujours couché à l'arrière du chariot. Il était très pâle et se plaignait de violentes douleurs à la poitrine et dans le bras gauche.

— Nul besoin d'être rêveur pour s'apercevoir que son cœur en a pris un coup, lança Ellana. Il a passé l'âge de la course à pied.

Artis allait répondre, quand Edwin intervint.

— C'était courir ou mourir, affirma-t-il avec force. Maintenant écoutez-moi ! Si nous avons franchi les collines de Taj, nous ne sommes pas encore à Al-Jeit. Pour arriver sains et saufs, nous devons faire corps et ne pas gaspiller d'énergie à discutailler bêtement.

La tirade avait été brève, mais elle porta ses fruits. Ellana ravala ses sarcasmes et Artis retourna s'occuper de son malade.

La matinée se déroula dans un silence quasi complet. Chacun semblait perdu dans ses pensées et les phrases échangées, mises bout à bout, n'auraient pas rempli dix minutes de conversation.

Salim voyageait à l'intérieur de lui-même. Il prenait conscience que sa décision de suivre Camille l'avait définitivement coupé de ce qu'il connaissait. Il continuait à en être heureux, mais le trait qu'il avait tiré sur son passé lui offrait un avenir vierge dans un monde inconnu qui l'inquiétait un peu. La guerre finirait un jour. Que deviendrait-il alors ? Où irait-il ? Pourrait-il rester avec Camille ?

Il détailla autour de lui les adultes qu'il côtoyait depuis si peu de temps. Ils lui étaient déjà plus proches que sa famille.

Maniel, le colosse. Garde de la ville d'Al-Vor, soldat de métier, modelé par la discipline et les règlements. Il s'était ouvert depuis la mort de son compagnon Hans. Il commençait à montrer son véritable visage, bienveillant, sympathique, pourtant Salim savait qu'il ne pourrait jamais être soldat.

Bjorn, le chevalier. Salim ignorait de quoi vivait un chevalier. Il avait tout de même compris qu'il fallait avoir de l'argent, des terres, des biens, pour se permettre de passer sa vie sur les routes, de quête en quête. Salim, lui, ne possédait rien !

Edwin. Impossible. Il n'y avait qu'un Edwin et le poste était pris !

Artis, le rêveur. Drôle de gars, pas méchant, mais pas vraiment sympathique. Pas assez pour que Salim ait envie de s'enfermer pour des années dans un château, fût-il aussi beau qu'Ondiane.

Maître Duom, l'analyste. Difficile de penser qu'un jour il serait peut-être aussi vieux que lui. De toute façon, Salim était né dans un autre monde et avait autant de don qu'un petit pois. Inutile d'envisager de dessiner ailleurs que sur une feuille.

Les yeux de Salim croisèrent ceux d'Ellana qui lui sourit. La jeune femme était tout ce qu'il aimait. Indépendante, rebelle, exubérante, joyeuse. Il se remémora sa première et unique leçon. Il avait eu l'impression de se glisser dans un costume taillé sur mesure. Ellana ne lui avait pas parlé des marchombres et il devinait qu'elle mettrait peut-être des mois à le faire, si jamais elle le faisait. Pourtant il percevait là quelque chose d'autrement plus alléchant que la vie de soldat, de rêveur ou même de chevalier… Un futur pris dans les millions de futurs possibles se dessina soudain avec une extraordinaire précision. Salim fut marchombre, non en rêve, mais dans une réalité décalée qui avait les couleurs de la vraie vie. La vision n'eut beau durer qu'une poignée de secondes, elle suffit à le rendre profondément heureux.

10

La nuit amie
Sur les toits
Qui ondulent

Ellundril Chariakin,
chevaucheuse de brume.

dwin n'ordonna pas de pause à la mi-journée. Il fallut se contenter d'un bout de pain d'herbes et de pâté de termites grignoté sur sa selle ou sur son banc.

Camille sourit en se remémorant sa réaction dans la charrette de Wouwou, le marchand de graines. Aujourd'hui, elle appréciait la charcuterie insolite fortement épicée et la manie des Alaviriens d'incorporer des herbes à leurs préparations culinaires.

Elle se sentait bien. La nuit passée en partie sur le dos de Murmure lui avait ouvert un monde de sensations. Elle s'accordait parfaitement avec sa monture et était reconnaissante à Ellana de lui permettre de vivre cette expérience avec son cheval. Elle s'aperçut toutefois, à l'occasion d'une brève halte pour satisfaire des besoins naturels, qu'elle avait les jambes moulues et que la peau de ses fesses semblait à vif.

— Bienvenue dans le monde des cavaliers! lui lança Bjorn en la voyant marcher d'un pas mal assuré vers les buissons proches.

Camille ne répliqua pas et, quand Edwin lui proposa de s'asseoir dans le chariot à côté de Salim, elle accepta volontiers.

— La piste va descendre, expliqua-t-il en souriant. Les chevaux tireront l'attelage sans problème, même avec ton poids, et je préfère que tu arrives valide à la capitale.

Elle s'installa sur le banc près de Salim.

— Tiens, te revoilà! remarqua-t-il. Ça faisait longtemps que je ne t'avais pas vue. Qu'est-ce que tu deviens?

— Pas grand-chose, expliqua Camille, heureuse de retrouver la bonne humeur de son ami. Quelques ogres de-ci de-là, une bande de Raïs, la routine quoi! Et toi?

— Pareil! Ce voyage commence à devenir monotone. Vivement que Bjorn fasse une des grosses bêtises dont il a le secret pour nous mettre dans le pétrin.

— Tu as de la chance de mener l'attelage, vermisseau! rugit le chevalier qui, évidemment, avait suivi l'échange.

— Maniel! appela Salim. Bjorn a encore une crise. Tu ne veux pas l'étouffer un peu pour qu'il se calme?

Le visage du soldat s'éclaira et le garçon, heureux de voir qu'un vent de gaieté soufflait à nouveau sur la troupe, continua, emporté par son élan.

— Ne rigole pas trop, conseilla-t-il au géant, sinon Ellana n'aura besoin que d'une seule main pour te ficher en l'air.

— Qui t'a raconté ça ? questionna Maniel.

— C'était à la une de tous les journaux de mon monde : « Le gros Maniel se fait une fois de plus mater par la jeune Ellana ! »

— Tu exagères, lui souffla Camille. Tu ne connais pas assez Maniel pour te permettre ça.

Mais le soldat éclata de rire, imité par Bjorn et Ellana.

Salim décida de lancer une dernière boutade.

— Cela dit, même Ellana n'est pas parfaite. J'ai cru comprendre qu'elle s'était volontairement liée par serment à sauver trois fois la vie d'Edwin. Le problème, c'est que ça lui prendra au moins trois siècles. Ellana n'est pas très futée !

— Et toi, tu es trop bavard ! intervint Edwin.

Soudain, Salim eut l'air moins sûr de lui.

— Vous trouvez ?

— Oui.

Le mot avait été prononcé à la Edwin. Sans intonation particulière ni éclat. Il percuta Salim qui se recroquevilla, penaud. D'un regard, il quémanda le soutien de Camille.

— Pourquoi vouvoies-tu Edwin, se borna-t-elle à lui demander, alors que tu tutoies les autres ?

— Ce n'est pas tout à fait vrai, rétorqua Salim, heureux de la diversion. Je dis également « vous » à maître Duom. Pour Artis, je ne sais pas. Je ne suis pas sûr de lui avoir déjà adressé la parole. D'ailleurs toi aussi tu vouvoies Edwin…

— Pour maître Duom d'accord, l'interrompit Camille, il pourrait être notre grand-père. Mais Edwin ? Il n'est pas plus âgé que Maniel et à peine plus que Bjorn.

Salim réfléchit un instant et haussa les épaules.

— Je ne sais pas. Il me donne l'impression de ne pas être complètement humain. La seule fois où je l'ai entendu rire, c'est lors de la bagarre dans le lac, avant qu'on parte chercher ton frère. Le reste du temps, il réfléchit, donne des ordres et agit. Un peu comme une machine, tu ne trouves pas ?

Ils parlaient à voix basse, persuadés que personne ne les entendait. Ils furent surpris lorsque, derrière eux, maître Duom intervint.

— Ne jugez pas trop vite, conseilla-t-il d'une voix faible. Il y a dans le passé d'Edwin Til' Illan de quoi remplir trois vies normales. Il a consacré son existence à l'Empire et, sans lui, nous serions depuis longtemps sous le joug raï. La survie de Gwendalavir passe par toi, Ewilan, et je refuse de penser que le hasard seul est à l'origine de ta rencontre avec Edwin. Il doit te ramener à Al-Jeit puis, selon toutes probabilités, te guider jusqu'aux Figés. C'est une responsabilité écrasante, même pour un homme comme lui.

— Il n'a pourtant pas l'air de se poser de questions, objecta Salim. Il décide. Les autres obéissent.

— Ce n'est pas si simple, réagit le vieil homme. Edwin doit prendre des décisions déchirantes. Il a simplement la force de garder ses doutes pour lui, afin de ne pas nous écraser.

— Des décisions déchirantes ? releva Salim.

— Tu crois vraiment qu'Edwin peut, comme hier, demander sans états d'âme à Bjorn et à Maniel de se sacrifier, alors qu'il court à l'avant avec Ewilan ? Qu'il peut sans regret les laisser mourir ? Et tu sais quoi, bonhomme ?

— Non…

— Pour sauver Ewilan, Edwin serait prêt à tous nous sacrifier. Il ne lèverait pas le petit doigt pour nous si cela devait compromettre les chances d'éveiller les Figés. Il en serait malade, mais il n'hésiterait pas. Cela fait-il de lui une machine ? Non, ne réponds pas à cette question. Prends d'abord le temps de réfléchir.

L'analyste grimaça en se tenant les côtes et Artis Valpierre se précipita. Ce n'était toutefois qu'une fausse alerte et le vieil homme repoussa le rêveur qui se penchait sur lui.

— Ça va, Artis, affirma-t-il, je tiens bon !

Camille caressait la sphère graphe dans sa poche. Ce geste lui était devenu familier et elle appréciait le toucher doux et lisse de la pierre, oubliant les griffes qui l'enserraient. Elle ne pensait plus au Ts'lich à qui elle l'avait prise, mais se souvint de sa première rencontre avec Edwin.

— Nous nous trouvions dans la forêt de Baraïl, raconta-t-elle, quand l'intervention d'Edwin nous a sauvés des marcheurs. Ce jour-là, il a évoqué sa mission auprès des Faëls. Pouvez-vous nous en dire plus sans le trahir ?

— Je crois que oui, répondit maître Duom. Les Faëls sont une autre des races qui peuplent ce monde.

— Des alliés de l'Empire ? s'enquit Camille.

— Pas au point d'entrer en guerre pour nous aider. Ils voyagent parfois jusqu'en Gwendalavir et les rares Alaviriens qui osent traverser Baraïl ne sont jamais mal reçus, mais là s'arrêtent nos relations. Je pense qu'Edwin avait pour mission de les convaincre de se ranger aux côtés de l'Empire. Les Faëls détestent les Raïs, mais les persuader n'aurait pas été chose facile. Ce sont des êtres indépendants, sans réel gouvernement et très difficiles à cerner.

Les compagnons franchirent à cet instant le sommet de la dernière colline. Devant eux s'ouvrait une immense étendue herbeuse, parsemée de bosquets d'arbres élancés.

La piste descendait jusqu'à la prairie en une succession de virages serrés. Elle filait ensuite droit jusqu'à une haute barrière rocheuse qui bouchait l'horizon.

— Les Dentelles Vives, indiqua Edwin qui s'était arrêté au sommet du col. Une muraille naturelle parfois haute de plus de trois cents mètres, qui s'étend sur des kilomètres, pratiquement du lac Chen jusqu'à l'océan.

Camille sortit sa carte pour suivre les explications du maître d'armes.

— Les Dentelles Vives sont absolument verticales, continua Edwin, mais très étroites. Il n'existe que quelques brèches pour les franchir. La seule qui soit sur notre route est la Passe de la Goule. Au-delà, nous retrouverons la civilisation et la sécurité. En route !

Salim fit claquer ses rênes et engagea l'attelage dans la descente.

Ils gagnèrent vite la prairie et Camille se réjouit de se déplacer à nouveau dans un espace libre. La végétation dense des collines de Taj, son absence de perspective l'inquiétaient, surtout depuis l'affrontement avec les ogres.

La journée tirait à sa fin. Le ciel se teignit peu à peu de couleurs vives et un vent frais se leva, apportant avec lui une touche de bien-être.

— J'aimerais que nous franchissions la passe avant la nuit, insista Edwin. La prairie est plus sûre que les collines, mais on peut toujours y faire de mauvaises rencontres.

— Nous sommes loin des Dentelles Vives? demanda Camille qui avait du mal à trouver des repères pertinents dans l'immensité qui s'ouvrait devant eux.

— Deux bonnes heures, à ce rythme, répondit Edwin. Nous camperons à l'entrée de la Goule. C'est là que nous nous défendrons avec la plus grande efficacité si nous sommes attaqués.

— Vous nous avez parlé des goules, s'inquiéta Salim. Vous avez même précisé qu'elles étaient plus terribles que les ogres!

— Il n'y a plus de goules dans le sud de Gwendalavir depuis des centaines d'années, le rassura Edwin. Je pensais plutôt à des animaux. La prairie regorge de bêtes sauvages, et un tigre ou un ours élastique peut parfois s'avérer aussi dangereux qu'un ogre.

Les hurlements qui s'élevèrent à cet instant derrière eux n'étaient pourtant pas poussés par des animaux. Une horde raï venait de se matérialiser au bas des collines.

11

Depuis des siècles, les dessinateurs alaviriens essayaient, en restant sur place, de déplacer des objets ou des personnes grâce au pas sur le côté. Ils n'y sont jamais parvenus. C'est une faculté que seuls les Ts'liches possèdent.

Elis Mil' Truif, maître dessinateur
à l'Académie d'Al-Jeit.

— **P**ar le sang des Figés ! s'exclama Bjorn. Je croyais que les ogres les avaient exterminés.

— Ce ne sont pas les mêmes, expliqua calmement Edwin.

— Incroyable ! lança maître Duom qui s'était relevé sur un coude. Deux envois aussi rapprochés ! Déplacer une telle masse, avec un pas sur le côté, représente une tâche épuisante. Ils ont dû s'y mettre tous ensemble. On pourrait presque calculer combien ils sont réellement.

— Ce n'est pas le moment ! trancha Edwin.

Le maître d'armes réfléchit brièvement et, une fois de plus, lança ses ordres précis.

— Ewilan, tu montes Murmure. Ellana, tu prends le Gris du rêveur. Tu es légère, il te supportera malgré sa blessure. Artis, tu laisses le chariot à maître Duom et tu prends le cheval de Hans. Salim, tu lances l'attelage à fond. Personne ne doit dépasser la petite, personne !

— Il vaudrait mieux que je prenne le Gris, proposa Camille, je suis moins lourde qu'Ellana.

— Non ! trancha Edwin. Hors de question ! Bjorn, Maniel, à l'arrière avec moi. Nous éviterons le contact mais ils ne doivent pas nous doubler. D'accord ?

— Ils sont loin et à pied, remarqua Bjorn. Nous sommes à cheval !

— Attends de les voir courir sur terrain plat, tu comprendras. Cessez de discuter, dépêchez-vous !

Salim arrêta l'attelage et Camille se hissa sur Murmure.

— Couche-toi sur son encolure, lui conseilla Ellana, et laisse-le faire.

La jeune femme chuchota quelques mots à l'oreille de son cheval, puis monta sur le Gris en ménageant son flanc blessé.

— En avant ! hurla Edwin.

Ils s'élancèrent.

Ils crurent un moment qu'ils distanceraient la horde raï. Les chevaux filaient comme le vent et l'intervalle qui les séparait de leurs ennemis s'accroissait. Ils galopèrent ainsi pendant plus d'une demi-heure puis, peu à peu, la fatigue de deux jours et une nuit passés à marcher se fit sentir. Le chariot commença à ralentir malgré les efforts de Salim pour motiver Cocotte et Bourrichon.

Camille se retourna. Les Raïs avaient rattrapé la moitié de leur retard. Ils couraient en hurlant et en gesticulant, sans manifester le moindre signe de fatigue. Le chariot était maintenant au niveau des trois derniers cavaliers. Camille lut l'anxiété sur le visage de son ami.

Elle se rappela les mots qu'avait prononcés maître Duom : « Pour sauver Ewilan, Edwin serait prêt à tous nous sacrifier. Il ne lèverait pas le petit doigt pour nous, si cela devait compromettre les chances d'éveiller les Figés. »

Elle se redressa légèrement et Murmure ralentit. Ellana, qui chevauchait juste derrière elle, dut tirer sur ses rênes pour ne pas la doubler.

— Que fais-tu ? lui demanda la jeune femme.

En guise de réponse, Camille diminua encore son allure. Elle se retrouva à la hauteur d'Edwin. La colère déformait les traits du maître d'armes.

— Accélère, folle que tu es ! s'emporta-t-il. Ils seront bientôt sur nous !

Mais la décision de Camille était inébranlable.

— Non ! hurla-t-elle. Je ne quitte pas Salim. S'il doit être rattrapé, je reste avec lui.

À leur tour, les chevaux de Maniel et de Bjorn ralentirent. Les deux étalons, malgré leur puissance, peinaient sous le poids de leurs cavaliers. La Passe de la Goule était proche, mais pas suffisamment pour qu'ils l'atteignent avant que les Raïs ne les rattrapent.

Edwin hésita un instant, puis se décida. Il saisit son arc.

— Ellana ! appela-t-il.

La jeune femme comprit. Elle cala la vitesse de sa monture sur celle du chariot et se baissa. Elle happa son sac et s'empara des trois tronçons de son arc. Elle le monta en quelques secondes et Camille admira son extraordinaire habileté sur le dos d'un cheval.

Elle se rangea ensuite près d'Edwin.

— Ne dépassez pas la Passe de la Goule ! cria Edwin. Il faudra combattre là-bas.

Le maître d'armes et la marchombre retinrent alors leurs chevaux, laissant les autres filer devant.

Bientôt les Raïs ne furent plus qu'à une vingtaine de mètres d'eux. Edwin donna le signal du tir. Il se tourna, ne gardant le contrôle de sa monture qu'avec les genoux. Il banda son arc, lâcha une flèche. Le chef de meute s'écroula. Les autres ne s'en préoccupèrent pas. Ils enjambèrent son corps et accélérèrent encore. Ellana tira à son tour, un deuxième Raï tomba.

Il fallait aux cavaliers une prodigieuse dextérité pour se maintenir en selle, diriger leur monture, conserver leur avance tout en visant avec autant d'efficacité. Malgré la difficulté, à chaque flèche tirée, un Raï mordait la poussière. La horde finit par hésiter et le chariot reprit un peu d'avance.

Les Dentelles Vives étaient maintenant toutes proches. La piste s'engageait dans un étroit passage aux parois abruptes et ressortait dans la prairie, une centaine de mètres plus loin.

Camille se retourna une nouvelle fois. La stratégie d'Edwin fonctionnait. Ils auraient le temps d'atteindre les premiers rochers.

Derrière eux, Ellana tira sa dernière flèche. Elle talonna son cheval qui reprit sa pleine vitesse, et rejoignit le groupe comme Salim engageait l'attelage dans la passe.

Bjorn et Maniel étaient déjà en position. À eux deux, ils barraient quasiment le passage. Ellana se plaça à leurs côtés, le poignard de Camille à la main.

— Vous ne regrettez pas vos armures, les gars ? s'enquit-elle.

— Et comment ! gémit Maniel. Je me sens tout nu !

Edwin arriva, précédant d'une cinquantaine de mètres la horde raï. Il restait encore plusieurs dizaines de guerriers et le combat s'annonçait difficile.

Camille courut vers maître Duom.

— Vous ne croyez pas que je peux dessiner? le pressa-t-elle. Il faut les aider!

— N'en fais rien, je t'en conjure, répondit le vieil homme. Les Ts'liches ont envoyé cette horde au cas improbable où tu aurais survécu à leur première attaque. Si tu dessines, ils sauront que tu es vivante, te localiseront et, dans la seconde, nous aurons affaire à trois fois plus d'ennemis.

Il y eut une suite de hurlements et les Raïs les percutèrent. Ellana avait reculé d'un pas pour laisser sa place à Edwin, plus à l'aise qu'elle dans ces affrontements statiques.

Pendant un moment, Camille crut que l'impossible se réalisait, que les hommes allaient réussir à défaire la horde raï. Les trois défenseurs étaient de redoutables combattants. Leurs armes étincelaient, formant une barrière mortelle, et les cadavres de leurs ennemis ne tardèrent pas à s'accumuler à leurs pieds.

Pourtant, malgré leur force, ils ne pouvaient résister indéfiniment.

La lance de Maniel se coinça dans une armure et lui fut arrachée des mains. Une masse le heurta sur le côté de la tête et il s'écroula, ruisselant de sang.

Ellana prit sa place à l'instant précis où un Raï parvenait à ceinturer Bjorn. Un deuxième leva une serpe géante, et la marchombre abattit son poignard. Au grand soulagement de Bjorn, la lame trancha la serpe et le bras. Le chevalier se dégagea et le combat reprit, encore plus violent.

Les Raïs, bien qu'animés d'une monstrueuse sauvagerie, hésitaient à s'en prendre à Edwin. Le maître d'armes virevoltait, parait, taillait et semblait intouchable. Une blessure finit toutefois par apparaître sur son épaule, suffisamment profonde pour que le sang passe l'armure. Au même instant, Bjorn se plia en deux, la lame d'un coutelas plantée dans l'abdomen. Le chevalier recula de trois pas en titubant.

Salim courut vers lui.

— Bjorn ! cria-t-il.

— Ça va bonhomme, ça va, ne t'inquiète pas.

Edwin et Ellana tentaient de tenir en respect le reste de la horde raï, mais leur tâche était incroyablement difficile. La jeune femme, qui avait retrouvé un champ d'action plus large, tourbillonnait, bondissait, tentant de compenser par sa vivacité l'absence de Bjorn. Elle avait renoncé à utiliser deux couteaux, ne conservant que celui dessiné par Camille. La lame faisait des merveilles, néanmoins un Raï réussit à percer le barrage. Il fonça vers le chariot et Artis Valpierre poussa un cri.

Bjorn, tout en compressant sa blessure, leva sa hache. L'effort le fit chanceler. Son bras retomba et il lâcha son arme. Salim vit le Raï se précipiter sur le chevalier.

C'était un être trapu et musculeux au faciès déformé par la rage. Sa bouche grande ouverte laissait voir une double rangée de crocs redoutables et deux cornes pointues sortaient de son front. Il était armé d'une épée courte qu'il brandissait au-dessus de sa tête.

Il bouscula Bjorn qui s'écroula. Dans un geste désespéré, le chevalier tendit la main vers le manche de son arme favorite sans réussir à l'atteindre. Ce fut Salim qui s'en empara.

La peur de voir son ami mourir décupla ses forces, il amena la hache à la hauteur de sa hanche et mit toute son énergie dans un mouvement de pivot. Le fer de l'arme frappa le Raï sous le bras, juste au défaut de l'armure.

Salim hoqueta en voyant la plaie béante et le flot de sang qui en jaillit, mais Bjorn était sauf. Le Raï s'effondra, mort.

À l'entrée de la passe, les choses tournaient mal.

Edwin avait reçu une deuxième blessure, au bras cette fois, et ne combattait plus que d'une main. Ellana évitait de plus en plus difficilement les attaques. La fin paraissait inévitable. Un nombre impressionnant de Raïs gisaient pourtant au sol, mais ils étaient encore une vingtaine debout qui attaquaient sans relâche.

Soudain, l'un d'entre eux s'écroula, la hampe d'une flèche saillant de la nuque.

Un autre tomba, puis un autre et un autre encore, tous criblés de flèches. Il y eut un flottement dans les rangs raïs et Edwin en profita.

Son sabre sembla reprendre vie et il se remit à moissonner autour de lui. Une nouvelle volée de flèches tirées par d'invisibles alliés faucha une dizaine de Raïs et, tout à coup, ils ne furent plus que deux qu'Edwin anéantit. Un silence complet s'établit alors sur le champ de bataille.

Ellana, épuisée, se tenait les côtes en essayant de retrouver son souffle, pendant qu'Artis s'agenouillait près de Bjorn. Edwin repoussa plusieurs cadavres raïs pour dégager le corps de Maniel. Le soldat avait une vilaine blessure sur le côté de la tête et ne bougeait plus.

Edwin se pencha sur lui. Il palpa son cou et soupira de soulagement en sentant battre son pouls. Il finit de le libérer et contempla le massacre. Il y avait là une cinquantaine de Raïs, ce qui, en comptant ceux abattus sur la piste, portait leur nombre total à presque quatre-vingts. Les Ts'liches leur avaient envoyé deux hordes...

Edwin se baissa et passa ses bras sous le corps de Maniel. Ses propres blessures lui tirèrent une grimace, mais il réussit à soulever le soldat malgré son poids et à le porter jusqu'au chariot. Il l'installa à côté de maître Duom. L'affrontement avait marqué le vieil analyste. La tension avait augmenté ses douleurs et il avait beaucoup de difficultés à respirer.

— Des flèches faëlles ! indiqua Ellana en ramassant un trait.

— Oui, répondit Edwin. Les Faëls sont là-haut, cachés dans les rochers.

Camille s'approcha du maître d'armes.

— Qu'allons-nous faire ?

— Nous n'avons pas le choix. La nuit tombera dans un quart d'heure, Bjorn et Maniel sont blessés, Duom malade et si je t'annonce que nous partons tous les deux, tu vas hurler... Nous allons traverser la Passe de la Goule pour nous éloigner de ce carnage, nous planterons le camp et aviserons demain. Voilà ce que nous allons faire.

Sa voix était dure, son visage tendu.

— Je suis désolée pour tout à l'heure, s'excusa Camille.

— C'est inutile. Tu as le droit d'avoir tes propres convictions. De toute façon, cela n'a pas changé grand-chose.

— Ce sont vraiment des Faëls qui ont tiré ces flèches ?

— Oui.

— Pourquoi ne descendent-ils pas ?

— Qui sait ? Ce sont les êtres les plus impénétrables que je connaisse. Il se peut que nous ne les voyions jamais.

Artis Valpierre avait soigné Bjorn. La blessure du chevalier ne saignait plus et bien qu'il soit incapable, seul, de tenir debout, sa vie n'était plus en danger. Le rêveur se pencha ensuite sur Maniel.

— Cet homme est en granit, finit-il par déclarer. Il n'a rien.

— Comment ça ? s'étonna Ellana. Et ce sang ? Pourquoi est-il inconscient ?

— Il est assommé, voilà tout. Le coup qu'il a reçu aurait dû lui fendre le crâne, et il ne saigne déjà plus. Dans une heure, il se réveillera avec une simple migraine.

Salim aida Bjorn à regagner le chariot. Le chevalier était livide et le garçon, inquiet, ne se permit pas la moindre boutade. Il prit ensuite les rênes et conduisit l'attelage de l'autre côté de la Goule.

La prairie reprenait, guère différente de celle qu'ils venaient de quitter, du moins c'est ce qu'il devina dans l'obscurité qui s'installait.

Ils dressèrent un camp sommaire et partagèrent, pour ceux qui en avaient la force, un maigre repas. Maître Duom semblait plus mort que vif et Artis, après avoir soigné Edwin, ne quitta plus son chevet. Comme l'avait prévu le rêveur, Maniel retrouva rapidement ses esprits. Il s'assit en se massant le crâne et jeta des regards étonnés autour de lui. Salim et Camille lui racontèrent la fin de l'affrontement.

— Des Faëls ? s'étonna le soldat. Ils sont toujours là ?

— Oui, répondit Edwin. Ils ont traversé les Dentelles Vives par le sommet. Je les ai entendus il y a un moment. Ils se tiennent juste au-dessus de nous. Il n'est plus temps de parler, continua-t-il, je veux que vous preniez tous du repos.

— Et la garde ? s'étonna Ellana.

— Je m'en occupe, répondit le maître d'armes, mais je ne crois pas qu'il y ait du danger cette nuit. Les bêtes sauvages ont de quoi se repaître de l'autre côté de la passe et les Ts'liches ne peuvent pas nous envoyer indéfiniment leurs tueurs. Et puis, poursuivit-il après un silence, si les Faëls ont fait l'effort de nous venir en aide, on peut imaginer qu'ils nous soutiendront encore si nécessaire.

Camille était épuisée. Elle sentit le sommeil déferler et l'entraîner. La dernière chose qu'elle emporta avec elle fut l'image d'Edwin et Ellana, assis côte à côte sur un gros rocher qui surplombait le camp.

12

Le pas sur le côté est l'expression ultime du plus grand des pouvoirs, pourtant il a des limites. Impossible pour un dessinateur de se transférer dans un endroit qu'il ne connaît pas, bien que…

Elis Mil' Truif, maître dessinateur
à l'Académie d'Al-Jeit.

Camille fut tirée du sommeil par un rayon de soleil matinal. Elle ouvrit les yeux.

Seuls Edwin et Ellana étaient réveillés et elle se demanda s'ils avaient dormi. Ils avaient allumé un feu, une décoction odorante chauffait dans une casserole. Le maître d'armes mordait dans un morceau de pain d'herbes en observant, impassible, les falaises qui les surplombaient. Ellana, la mine renfrognée, fixait également les hauteurs.

— Les Faëls sont toujours là? s'enquit Camille en s'approchant.

— Oui, répondit Edwin. Ils nous observent, mais ne font pas mine de vouloir descendre.

— C'est insupportable, grommela Ellana.

Camille s'assit près d'eux.

Les Dentelles Vives étaient aussi abruptes à l'est qu'à l'ouest. Elles s'élevaient d'abord verticalement sur une cinquantaine de mètres, dalle lisse sans trace de végétation, puis un premier décrochement laissait deviner une plate-forme de belle taille, et la falaise repartait en une succession de plaques rocheuses et de vires minuscules.

La Passe de la Goule s'ouvrait juste à côté du camp. La veille au soir, éreintée par la fatigue et l'angoisse causées par le combat contre les Raïs, Camille n'avait pas prêté attention aux lieux. De jour, ils étaient vraiment impressionnants. Parfois à peine plus large qu'un attelage, la passe était surplombée par des millions de tonnes de roc qui écrasaient toute perspective. Le sol, qui ne voyait jamais le soleil, était dépourvu du moindre brin d'herbe.

Salim se leva à son tour et s'approcha du feu.

Il était difficile de résister à l'arôme de l'infusion que préparait Edwin le matin, pourtant il ne se précipita pas, comme à son habitude, sur le petit déjeuner. Il avait l'air préoccupé.

— Que t'arrive-t-il, bonhomme ? s'inquiéta le maître d'armes.

Salim ne répondit pas immédiatement.

Il se frottait pensivement les genoux et un tic imperceptible agitait le coin de sa bouche. Ellana le regarda avec surprise. Elle se tourna vers Camille, qui fit une moue étonnée avant de s'asseoir près de son ami.

Pour une fois, celui-ci ne sembla pas la remarquer. Il fixait ses mains en fronçant les sourcils.

— Tu as eu raison d'agir ainsi.

Edwin avait parlé d'une voix douce et posée. Salim leva la tête.

— Tu as sauvé Bjorn et, même si le premier sang versé est difficile à accepter pour celui qui le fait couler, tu ne dois pas te remettre en question. Tu as agi comme il le fallait, et je suis fier de toi.

Salim lui jeta un long regard reconnaissant et Camille comprit. Elle se souvint de Salim, la veille au soir, frappant avec la hache pour sauver la vie de son ami. Elle revit le lourd tranchant d'acier tuer le Raï qui s'apprêtait à achever Bjorn. Salim avait agi dans l'urgence, puis il avait passé la nuit à ressasser son geste. Les paroles d'Edwin venaient de le libérer.

— Tuer n'est jamais un acte anodin, reprit le maître d'armes, et seuls les monstres le font par plaisir. Il faut éviter de donner la mort, respecter la vie avant tout. Mais nous sommes en guerre et tu as sauvé ton ami. Je te fais confiance pour que tu ranges cet événement à sa juste place, sans oublier, mais sans dramatiser non plus.

Un sourire naquit peu à peu sur le visage de Salim.

— Merci Edwin, dit-il simplement.

Ellana avait recommencé à scruter la falaise.

— Je ne supporte pas d'être épiée, cracha-t-elle. Pour qui se prennent-ils ? Je ne suis pas une bête de foire !

— Les Faëls, tu le sais, ont souvent tendance à considérer les humains de haut, même si, pour eux, ce n'est que simple moquerie. Ils font preuve d'une grande agilité, poursuivit-il pour Salim, et se percher au sommet d'un rocher qui nous est inaccessible les amuse sans doute beaucoup. Ils doivent nous juger lourdauds et en rire.

— Ils ne pourront plus nous espionner lorsque nous serons partis, relativisa Camille, étonnée par l'attitude d'Ellana. Tu seras bientôt tranquille.

— Je n'ai pas prévu le départ avant cet après-midi, la contredit Edwin. Nous avons besoin de repos, surtout les blessés, les chevaux aussi.

Ellana bondit sur ses pieds.

— Dans ce cas, je vais leur expliquer le fond de ma pensée.

Avant que quiconque ait pu dire un mot, elle s'élança sur la paroi rocheuse et, en quelques secondes, s'éleva de plusieurs mètres. Ses gestes étaient assurés, sa progression parfaite. Elle saisissait de minuscules prises comme si elles avaient été des marches taillées dans le rocher et utilisait son étonnante souplesse pour atteindre les meilleurs appuis.

— Super génial top! s'exclama Salim. Il faut que j'essaie ça.

— Non! cria Edwin.

Mais Salim était déjà hors de portée. Il se hissa sur les premiers mètres de la paroi, plus en force qu'en finesse, mais avec une efficacité certaine. Il avait déjà escaladé des façades d'immeubles, jamais des falaises naturelles. Les sensations qu'il découvrait étaient nouvelles et grisantes. Son corps entier participait à l'action, chacun de ses muscles influant sur l'équilibre et la progression.

Il cala une main dans une fissure et leva les yeux. Ellana progressait beaucoup plus vite que lui et la distance qui les séparait croissait rapidement.

Il jeta ensuite un regard en bas et sa confiance s'émietta. Il s'était élevé d'une quinzaine de mètres, une chute sur les rochers au pied de la falaise serait mortelle.

Cette prise de conscience le frappa comme un coup de poing au creux de l'estomac. Ses jambes se mirent à trembler.

Edwin émit un sifflement bref et strident. Ellana cessa de grimper et regarda dans leur direction. Lorsqu'elle aperçut Salim crocheté à la paroi, elle poussa un juron. Elle redescendit à une vitesse incroyable la portion de falaise qu'elle avait gravie. Elle ne saisissait les prises qu'une fraction de seconde, se laissant parfois tomber de plus d'un mètre vers un appui infime. Elle parvint en un instant près de Salim qui n'en pouvait plus. Ses jambes tremblaient de plus en plus et ses mains, trempées de sueur, glissaient sur le rocher. Il se préparait mentalement à la chute lorsque Ellana lui attrapa le poignet.

— Qu'est-ce que tu fiches là ? grogna-t-elle.

À cet instant, les dernières forces de Salim l'abandonnèrent.

Il leva un regard désespéré vers Ellana et bascula dans le vide. La jeune femme verrouilla ses doigts sur son poignet, se préparant au choc qui n'allait pas manquer de la secouer. Quand il arriva, elle crut que le poids de Salim l'arrachait à la falaise.

— Accroche-toi, bon sang ! cria-t-elle.

Mais le rocher, près de lui, était parfaitement lisse. Salim glissait en cherchant en vain un appui. Ses mouvements désordonnés manquaient à chaque instant priver Ellana de son fragile équilibre. Il gesticula ainsi une poignée de secondes avant qu'elle ne lui ordonne d'arrêter.

La jeune femme se tenait d'une main, et ses pieds reposaient sur une minuscule saillie. Une corniche, large d'une dizaine de centimètres, courait sur la falaise, un mètre sous Salim.

Ellana prit une profonde inspiration. La vie imposait régulièrement des prises de décision où tous les choix étaient mauvais. Sa formation lui criait d'abandonner le garçon, de préserver les secrets de la guilde. Elle n'en fut pas capable.

— Salim, articula-t-elle, écoute-moi bien. Attrape mon poignet, à deux mains si possible, et quoi qu'il se passe, tiens bon. Compris ?

Le garçon, incapable de parler, hocha la tête.

— Vas-y ! lui ordonna-t-elle.

Salim saisit le poignet d'Ellana. Elle fut soulagée de sentir sa force.

— L'autre main, maintenant !

Elle ouvrit les doigts. C'était le moment le plus périlleux. Salim faillit lâcher prise, mais réussit à happer le poignet d'Ellana.

Il se balança un instant dans le vide, suspendu au bras de la jeune femme. Il se demandait à quoi rimait cette opération. Qu'il tienne Ellana ou qu'Ellana le tienne, il allait s'écraser en bas. Mourir.

Puis il y eut un chuintement doux, tout près de ses mains, et Salim ouvrit des yeux stupéfiés. La marchombre avait fermé le poing et deux courtes pointes d'acier brillant avaient surgi entre ses premières phalanges. Salim ne put retenir un cri de surprise. Les lames sortaient directement de la peau d'Ellana, comme si elles faisaient partie intégrante de son corps.

La jeune femme tendit le cou pour observer la situation. Elle choisit soigneusement une minuscule anfractuosité et y engagea les deux pointes.

L'acier pénétra de toute sa longueur, soit presque cinq centimètres, dans l'interstice, avant de se verrouiller avec un bruit sec.

— C'est parti! cria-t-elle.

Et elle abandonna sa prise haute.

Salim poussa un hurlement, repris quinze mètres plus bas par Camille qui contemplait la scène en se mordant les lèvres.

Pourtant la chute d'Ellana s'arrêta net. Ils étaient maintenant retenus par les deux pointes métalliques fichées dans le rocher. Ellana n'était plus au-dessus de Salim mais à côté de lui, et elle disposait d'une main libre.

Elle saisit le poignet de Salim et, d'une secousse, lui fit lâcher prise.

Le garçon poussa un deuxième cri. Il se trouvait de nouveau suspendu dans le vide, retenu simplement par la poigne de la jeune femme.

Sauf que la corniche était devenue accessible.

Salim y posa un pied puis l'autre. Il plaça ensuite ses doigts sur des prises confortables. Lorsqu'il fut bien assuré, Ellana le lâcha avant de descendre jusqu'à lui.

Salim regarda la main gauche de la jeune femme. Les pointes d'acier avaient disparu, un filet de sang coulait entre ses doigts.

— Tu es blessée… s'inquiéta-t-il.

— Ce n'est rien, le rassura-t-elle. Mes lames sont des outils de précision, pas des piolets, et la greffe n'a pas été conçue pour supporter de pareils efforts. J'espère qu'elles ne sont pas abîmées.

— C'est génial, explosa Salim, ces…

— Tais-toi!

La voix d'Ellana était froide et tranchante.

— Avant que je te passe un savon pour t'être lancé là-dedans, tu vas devoir prendre une décision importante, peut-être la plus importante de ta vie.

— Mais…

— Tais-toi, je t'ai dit! Ce que tu as vu est l'un des secrets les mieux gardés des marchombres. Des hommes sont morts pour l'avoir percé.

— Pas de problème, lança Salim d'une voix mal assurée. Je n'en parlerai à personne.

— Ça ne suffit pas! Je t'ai dit que tu aurais une décision à prendre. Quand les Figés seront libres, tu viendras avec moi. Tu me donnes trois ans de ta vie, sans possibilité de changer d'avis, de te plaindre ou de discuter.

— Sinon?

— Tu sautes.

Salim regarda Ellana dans les yeux. La jeune femme ne plaisantait pas. Elle était même mortellement sérieuse. Il avala sa salive avec difficulté.

— Je n'ai pas vraiment le choix.

— On a toujours le choix. Tu as voulu te lancer dans quelque chose de trop difficile pour toi. Si tu étais resté en bas, rien ne serait arrivé.

— Pourquoi m'avoir sauvé, alors?

— Parce que tu en vaux la peine et que je te crois digne de suivre un véritable enseignement. Mais je ne prendrai pas la décision à ta place. Je préfère que tu t'aplatisses au pied de cette falaise.

Salim vit soudain un avenir chatoyant s'ouvrir devant lui, fait d'aventures, d'escalades et d'exploits. Ellana lui proposait-elle de devenir un marchombre?

— C'est d'accord, finit-il par dire. Je suis partant.

— Trois ans, Salim, et je te promets que ce ne sera pas de la rigolade…

— Je t'ai dit que j'étais d'accord.

À son tour, Ellana regarda le garçon au fond des yeux. Il était sincère, solide, et ne revenait jamais sur une décision. Elle sourit.

— Alors, décida-t-elle, on commence tout de suite.

— Qu'est-ce que vous fabriquez là-haut ?

La jeune femme se pencha vers Edwin et Camille toujours plantés en bas, têtes levées.

— Tout va bien ! leur cria-t-elle. Mais la descente est trop périlleuse. Nous continuons vers le haut et nous trouverons un autre passage pour revenir. Ne vous inquiétez pas !

Puis elle se tourna vers Salim.

— Allez, monte ! Avec efficacité et élégance, si tu ne veux pas que je te botte les fesses !

Salim inspira longuement et saisit une première prise.

Sa vie venait de prendre un virage important, à l'image de celui qu'elle avait emprunté lorsqu'il avait décidé de ne pas rentrer chez lui. Il était heureux.

Au pied de la falaise, Camille se tourna vers Edwin.

— Que font-ils ? lui demanda-t-elle.

— Ils continuent, tu l'as entendu comme moi.

Le maître d'armes ne semblait pas soucieux. Camille s'obligea à quitter les grimpeurs des yeux. Elle avait confiance en Ellana, son ami ne risquait plus rien.

13

Un Mentaï est aux mercenaires du Chaos ce qu'un loup est à une meute de chiens.
Les mercenaires du Chaos apportent la mort, un Mentaï EST la mort !

Seigneur Saï Hil' Muran, *Journal de bord.*

L es avant-bras de Salim commençaient à le faire souffrir, il avait le bout des doigts écorché et, surtout, il n'osait pas regarder en bas. Il venait de franchir un passage particulièrement délicat et avait failli tomber. Seul un ordre cinglant d'Ellana l'avait obligé à se ressaisir. Elle grimpait à côté de lui, lui prodiguant des conseils précis d'une voix calme.

De près, le spectacle qu'elle offrait était ahurissant. Elle abandonnait à Salim les prises les plus grosses, ne s'accrochant qu'à des saillies presque invisibles. Elle était toujours prête à rattraper un faux pas de son élève et se jouait totalement de la pesanteur. Au bout de ce qui parut une éternité à Salim, ils parvinrent sur la première vire. Les Faëls se tenaient là.

Ils étaient une dizaine, confortablement adossés à des rochers, leurs arcs posés près d'eux. Petits, moins d'un mètre cinquante, fins et gracieux, ils étaient vêtus de fourrures qui laissaient libres les bras et les jambes. Leur peau était sombre, autant que celle de Salim, et leurs yeux, étirés comme ceux des chats, paraissaient immenses dans leurs visages triangulaires. Leurs poignets et leurs chevilles étaient ornés de bijoux décorés de perles et de plumes. Ils souriaient d'un grand sourire hilare que Salim n'eut aucune peine à déchiffrer. Ils se moquaient d'eux !

Ellana dut aboutir aux mêmes conclusions et se raidit. Elle réussit toutefois à se contenir, car, lorsqu'elle prit la parole, ce fut d'un ton paisible, presque jovial.

— Nous sommes montés vous remercier, messieurs. Votre intervention d'hier soir nous a permis de gagner deux ou trois minutes de sommeil. D'accord, vous avez gaspillé pas mal de flèches contre les rochers, mais le tir devait être difficile et, dans tous les cas, c'est l'intention qui compte. Pas vrai ?

Ellana n'attendit pas de réponse et poursuivit son massacre verbal. Elle jubilait et Salim se prit à sourire. Il était sacrément fier d'avoir été choisi comme élève par une pareille femme.

— Je pensais que vous descendriez chercher les rares flèches qui ne se sont pas brisées contre les pierres, mais je ne vous ai pas vus. Timides sans doute ? Ce doit être pour ça que vous vous cachez ici. Je me trompe ?

Il y eut un frémissement de colère chez les Faëls, et des mains se tendirent vers les arcs.

— Paix, amis !

Salim leva les yeux vers la voix.

Un jeune guerrier était assis sur une vire, les pieds dans le vide, quelques mètres au-dessus d'eux, et les contemplait en souriant.

— Quelle verve, lança-t-il. Si les humains être à moitié aussi efficaces que ce qu'ils parler bien, ils ne pas être en train de perdre la guerre contre les Cochons ! Aussi vrai que je m'appeler Chiam Vite.

— On parle, c'est vrai, admit Ellana, on fait ce qu'on peut contre les Raïs, c'est vrai aussi, mais personne ne peut nous accuser de nous cacher ou d'espionner.

Il y eut un cri et un Faël se leva d'un bond, son arc à la main. Chiam éclata d'un rire sonore.

— Calmer toi, cousin. Cette humaine avoir une dague à la place de la langue. Ne pas te laisser prendre à ses pièges. Toi, femme, continua-t-il, savoir que les Faëls ne pas se cacher. Ils se montrer quand ils en avoir envie et à qui ils vouloir, ce être différent.

À son tour, Ellana se mit à rire.

— C'est donc le hasard, demanda-t-elle, qui vous fait vous percher si haut quand le danger est en bas ?

— Les Dentelles Vives être un remarquable terrain d'entraînement pour l'escalade. Nous camper là, avant que vous surgir, fuyant cette horde de Cochons.

— Un entraînement ?

— Oui !

— Pourquoi ne pas me l'avoir confié plus tôt ? railla Ellana. J'étais justement en train de donner une leçon à mon jeune ami, ici présent. Vous auriez pu en profiter…

Chiam Vite ne parut pas apprécier la remarque. Il sauta de son perchoir et atterrit souplement près de la jeune marchombre. Il était plus petit qu'elle, mais la différence de taille ne le diminuait pas.

Il se tenait fièrement campé, un sourire ironique aux lèvres. Salim comprit toutefois qu'il avait été touché dans son amour-propre.

— Le jour où un humain me donner une leçon d'escalade, affirma-t-il, je vouloir bien être pendu, ou pire, me mettre à son service pour douze lunes.

Ellana le soupesa du regard.

— Juré ?

— Juré !

— Sur la flèche ?

Le Faël regarda fixement la jeune femme.

— Je ne pas savoir qui t'avoir enseigné nos coutumes, mais oui, je le jurer sur la flèche. Tu savoir qu'un serment prêté de cette façon ne pas pouvoir être rompu. Je m'engager à me placer sous tes ordres si tu prouver que tu être meilleure que moi.

Il tira de son carquois une longue flèche empennée de plumes rouges. Il la tint un moment à l'horizontale devant lui et, soudain, la brisa en deux morceaux qu'il laissa choir à ses pieds.

— Sur la flèche, affirma-t-il.

Il observa la falaise au-dessus d'eux et Salim suivit son regard. Les Dentelles se poursuivaient pendant une centaine de mètres, moins abruptes que la première dalle.

— Trop facile ! se moqua Ellana.

— Que proposer-tu ?

— Une descente. Le premier en bas, vivant, a gagné.

Chiam Vite ôta son carquois et le déposa au sol.

— D'accord, accepta-t-il. Que mettre-tu en jeu ?

— Rien. Tu as brisé la flèche trop tôt, sans que j'aie le temps de m'engager. Tu grimperas pour la gloire, Chiam !

112

Le Faël tiqua, mais ne répliqua rien.

Ellana assouplit ses poignets puis se tourna vers le groupe de Faëls.

— Pouvez-vous assurer la sécurité de mon compagnon ? Il ne sait pas grimper et j'ai promis de le ramener sain et sauf au camp.

Salim, vexé par le commentaire, se tint coi.

— Mes cousins accompagner ton ami, acquiesça Chiam. Tu être prête ?

— Quand tu veux.

Ils s'approchèrent du bord de la falaise. Salim et l'ensemble des Faëls les suivaient. Ellana avait quitté son masque de bonhomie moqueuse et ses traits reflétaient une intense concentration.

Un des Faëls poussa un cri et la jeune femme sauta dans le vide. Au dernier moment, elle pivota, ses doigts crochetèrent le bord de la vire. Elle commença sa descente.

Chiam avait agi de manière identique et ils disparurent ensemble de la vue des autres.

Salim se mit à plat ventre pour suivre les péripéties de la compétition. Ellana et Chiam Vite avaient déjà dévalé près de dix mètres de paroi. Ils descendaient à une vitesse hallucinante et leur progression ressemblait plus à une chute contrôlée qu'à une véritable désescalade. Impossible de savoir qui l'emportait. Leurs gestes étaient pareillement fluides et précis, leurs techniques, similaires, privilégiant la souplesse et la finesse à la force.

Salim savait combien descendre est plus difficile que monter. Il avait conscience d'assister à un véritable exploit qui rendait bien pâles les prestations des grimpeurs de son monde.

À côté de lui, les Faëls commentaient la course avec exubérance, dans une langue qui ressemblait à un mélange de russe et de chinois.

Au bas de la falaise, Edwin et Camille avaient été rejoints par Bjorn. Ils regardaient Ellana et Chiam utiliser leurs capacités à se distancer l'un l'autre.

Il fallut beaucoup moins de temps à ces deux-là pour descendre qu'il n'en avait fallu à Salim pour monter. Ils parurent toucher le sol à la même seconde, la distance empêchant de savoir qui l'avait emporté. Des cris éclatèrent parmi les Faëls en désaccord sur le résultat. La plupart, toutefois, ne semblaient pas douter de la victoire de leur chef. L'un d'eux adressa un signe à Salim.

— Suivre-nous, lui lança-t-il. Nous te montrer une voie facile.

Ils durent faire un détour, mais la descente ne fut pas périlleuse et le garçon s'en sortit plutôt bien. Une fois en bas, il longea les Dentelles Vives pour regagner le camp en compagnie du groupe de Faëls. Chiam Vite vint à leur rencontre.

Il faisait grise mine et, avant que ses compagnons aient eu le temps de dire quoi que ce soit, il prit la parole dans sa langue.

Chiam haussa la voix quand un des Faëls voulut l'interrompre, le contraignant à se taire. Finalement, il donna un dernier ordre. Ses amis le regardèrent, consternés, mais aucun ne parla. Un à un, ils se détournèrent et s'éloignèrent. Salim se retrouva seul avec Chiam Vite.

— Elle gagner, dit simplement le Faël.

AL-JEIT

1

L'univers entier balance entre deux forces et ne croyez surtout pas qu'il s'agisse du bien et du mal. Ces notions sont typiquement humaines et dépendent entièrement du point de vue de l'observateur. Non, je parle des forces fondamentales, l'Ordre et le Chaos. L'univers est né du Chaos ; la nature, les êtres vivants, sont les moyens qu'il utilise pour tendre vers l'Ordre.

Edwin Til' Illan, Discours aux aspirants
de la Légion noire.

Entre-temps, le camp s'était éveillé et chacun s'affairait. Maniel ne semblait plus souffrir de sa blessure de la veille et Bjorn avait presque récupéré. Seul maître Duom était encore fatigué. Son teint était cireux et il se plaignait toujours de douleurs à la poitrine. Artis Valpierre ne paraissait toutefois pas vraiment inquiet.

— Il a besoin de repos et de rien d'autre, précisait-il à Edwin. Tant qu'il n'aura pas passé une semaine au fond d'un lit il ne se remettra pas, mais ensuite ça ira. Du moins s'il arrête de se prendre pour un jeune homme et de courir dans les bois.

Le retour de Salim et de Chiam Vite interrompit la conversation. Edwin adressa cérémonieusement la parole au Faël dans sa propre langue et Chiam Vite se rasséréna.

— Je te remercier, Edwin Til' Illan, dit-il simplement.

Le Faël alla ensuite trouver Ellana et s'entretint un long moment avec elle à voix basse.

Bjorn s'avança vers Salim.

— Tu m'as sauvé la vie, bonhomme, affirma-t-il avec force. Pour la deuxième fois.

Le chevalier avait l'air solennel, ce qui n'empêcha pas Salim de sourire.

— Je sais, glissa-t-il d'un ton affreusement prétentieux, et j'ai peur que cela ne devienne une habitude. Tu ne pourras pas toujours compter sur moi.

Bjorn ouvrit de grands yeux. Avant qu'il ait pu répliquer quoi que ce soit, Camille intervint.

— Espèce de mollusque décérébré, cracha-t-elle. Tu n'as rien trouvé de plus bête que de jouer à Spiderman et manquer te casser le cou ?

— Mais…

— Mais quoi ?

Salim, piteux, se tourna vers le chevalier.

— À l'aide… quémanda-t-il.

— Mon jeune ami, l'assassina le chevalier, envisages-tu sérieusement de toujours compter sur moi ?

— Quand vous aurez fini de vous disputer, commenta Edwin, peut-être certains d'entre vous penseront-ils à s'occuper des chevaux, à vérifier le chariot et à préparer les sacs pour la suite du voyage.

Le maître d'armes avait parlé avec affabilité, mais il ne souriait qu'à moitié. Tout à coup le camp s'anima.

Camille brossa le cheval de Hans puis le Gris, imitant Ellana qui étrillait Murmure en lui parlant tout doucement.

Bjorn et Maniel s'activèrent autour de leurs montures puis passèrent l'attelage en revue.

Salim les aida à resserrer les sangles et ce fut lui qui découvrit la traverse abîmée.

— Comment allons-nous réparer ? maugréa Bjorn en se grattant la tête.

— Commencer par la sortir de son logement, conseilla Chiam Vite. Ce être plus facile pour intervenir.

Après sa conversation avec Ellana, le Faël avait déambulé dans le camp, l'air morose. Sa défaite lui pesait et il avait du mal à accepter l'idée de devoir rendre des comptes à une Alavirienne. Il lui avait fallu un moment pour que sa philosophie naturelle et son sens de l'humour reprennent le dessus. C'était maintenant chose faite, il était souriant et plutôt serein.

— Tu t'y connais en menuiserie ? lui demanda Bjorn, plein d'espoir.

— Un peu, répondit Chiam, montrer moi cette pièce.

Maniel lui tendit la traverse qu'il avait dégagée et le Faël l'observa attentivement. La pièce de bois, longue de près d'un mètre, qui reliait le chariot aux sangles du licol des chevaux, était rongée à une de ses extrémités et menaçait de céder.

— L'idéal être de la changer, expliqua Chiam. Puisqu'il falloir la réparer, je penser que tu devoir enlever toute cette partie abîmée et renforcer la traverse avec une pièce de bois, taillée à la bonne dimension. Je pouvoir le faire, si vous avoir une scie.

Bjorn regarda Maniel qui fit un signe de dénégation.

— Alors ça se compliquer, constata Chiam. Je essayer avec mon couteau, mais ça risquer être long. Si on vouloir que ça tenir, il falloir utiliser un bois dur.

— Tu veux que je coupe une branche ? proposa Maniel.

— Non, le bois être vert, il bouger trop. Je tailler la pièce dans une des ridelles du chariot. Ça ne l'abîmer pas et ça convenir parfaitement.

Le Faël inspecta les ridelles, à la recherche d'une planche convenant à son projet. Soudain, il poussa un sifflement de surprise.

— Vous n'avoir pas de scie, lança-t-il, mais si vous posséder la lame qui être à l'origine de ça, je être preneur.

Les autres s'approchèrent. Chiam contemplait l'entaille qu'avait faite maître Duom avec le poignard dessiné par Camille.

— C'est le couteau d'Ellana, répondit Salim avant que Bjorn ait eu le temps de lui intimer le silence.

Chiam se pencha jusqu'à quasiment mettre son nez sur l'entaille.

— Ce être incroyable, proféra-t-il. Je devoir examiner cette lame.

Sans plus tarder, il se dirigea vers Ellana.

— J'ai gaffé ? demanda Salim.

— Je crains que cela ne devienne une habitude ! commenta Bjorn sans aucune pitié.

— Je ne pouvais pas savoir… se justifia le garçon.

— Peut-être, mais une chose est sûre : si les différentes parties de ton corps faisaient la course, ta langue arriverait de loin en tête, et ton cerveau largement en dernier.

Salim prit un air si désolé que Bjorn ne put se retenir plus longtemps. Il éclata de rire.

— Allons, finit-il par lancer, courage ! Ellana va à coup sûr te manger cru et Edwin écrasera les morceaux qu'elle aura oubliés, mais tout espoir n'est pas perdu.

Chiam revint à ce moment en compagnie de Camille et d'Ellana. Il tenait le poignard à la main. Il le regardait avec une fascination teintée d'émerveillement et il lui fallut quelques secondes pour se reprendre. Ellana en profita pour faire les gros yeux à Salim, qui se recroquevilla.

Finalement, le Faël appuya la lame sur la ridelle. Il découpa sans effort la bande de bois dont il avait besoin. De nouveau, il émit un sifflement et se replongea dans l'examen du poignard.

— Il n'avoir pas la moindre trace d'émoussement, constata-t-il. Je me targuer d'être un spécialiste et l'acier faël être le meilleur au monde, mais jamais je n'avoir vu un objet aussi parfait. D'où venir ?

Les autres se regardèrent, gênés, et Chiam fronça les sourcils.

Camille se lança à l'eau.

— Je l'ai offert à Ellana, expliqua-t-elle. C'est un héritage de ma famille.

— Tu ne devoir jamais te défaire d'une pareille arme, protesta Chiam. Elle ne pas avoir de prix.

— Peut-être, admit-elle, mais Ellana en a beaucoup plus l'utilité que moi.

— Ma foi, conclut le Faël, ce être vos affaires.

Il se remit au travail, avec habileté et précision. La réparation fut rapidement achevée et il tendit le poignard à Ellana.

— Voici ton bien. Si un jour tu songer à t'en séparer, penser à moi.

La jeune femme répondit par un sourire et remit l'arme à sa ceinture. Elle attendit que le Faël se soit éloigné pour se tourner vers Salim qui, sentant approcher l'orage, s'était éclipsé et aidait Edwin à préparer le repas de midi. Elle sourit.

Salim était encore brut, plein de défauts, mais lorsqu'il aurait été façonné par l'enseignement marchombre, il deviendrait aussi affûté que la lame de ce poignard...

2

Les mercenaires visent la destruction de l'Ordre et le retour au Chaos primordial. En cela, ils nous sont plus étrangers que les plus sauvages monstres de la forêt d'Ombreuse.

Edwin Til' Illan, Discours aux aspirants
de la Légion noire.

Le repas fut l'occasion pour Chiam Vite de lier connaissance avec les membres du groupe. Il dut admettre presque malgré lui que les personnages qui l'entouraient sortaient de l'ordinaire. Il avait déjà entendu parler, lors de ses précédents voyages en Gwendalavir, d'Edwin Til' Illan, maître d'armes de l'Empereur, et ne doutait plus des talents d'Ellana Caldin. Il découvrait maintenant Duom Nil' Erg, vieillard bourru à l'esprit pénétrant malgré la fatigue qui l'accablait, et Artis Valpierre, le premier rêveur qu'il ait jamais rencontré. Il fut étonné de constater que Bjorn et Maniel, bien que pesant chacun trois ou quatre fois le poids d'un Faël, avaient une conversation agréable, mais ce furent les deux jeunes gens qui lui causèrent la plus grande surprise.

Le garçon, Salim, avait la même couleur de peau que lui et Chiam le soupçonna d'avoir un Faël parmi ses ancêtres. Les unions entre son peuple et les humains étaient rares, mais fécondes. Les sang-mêlé existaient. Demi-Faël ou pas, le garçon bouillonnait d'une telle énergie que Chiam se demanda ce qu'il deviendrait une fois adulte. S'il ne se cassait pas le cou avant...

La jeune humaine était encore plus singulière. Elle se prénommait Camille mais, plusieurs fois, Chiam avait entendu maître Duom l'appeler Ewilan. De prime abord, on ne remarquait d'elle que la grâce de son visage et la beauté de ses grands yeux violets, puis, insensiblement, on était attiré par l'aura qui se dégageait d'elle et qui était tenue en bride par la partie encore enfantine de son être. Elle pouvait se comporter en gamine et, une seconde plus tard, montrer une profondeur de caractère étonnante même pour une adulte. Ses compagnons, s'ils veillaient à ne pas la singulariser, prêtaient toutefois une attention particulière à ses paroles et à ses actes. Jusqu'à Edwin Til' Illan, qui ne la quittait pratiquement jamais des yeux.

Chiam prit conscience, avec ahurissement, que Camille était le cœur du groupe, la raison pour laquelle tous voyageaient ensemble, et il se demanda qui était vraiment celle qui se tenait face à lui.

Avant de lancer le signal du départ, Edwin et Maniel empruntèrent la Passe de la Goule et retournèrent sur les lieux de la bataille de la veille. Le maître d'armes désirait récupérer des flèches et s'assurer qu'aucun danger ne s'annonçait à l'ouest. Salim insista pour les accompagner. Après avoir hésité, Edwin haussa les épaules.

— Comme tu veux, accepta-t-il. Le spectacle risque de ne pas être très joli. Ne t'en prends qu'à toi, s'il te rend malade.

Les cadavres des Raïs gisaient toujours sur le sol et Salim découvrit avec écœurement la quantité de sang qui avait coulé. Des bêtes sauvages étaient passées par là durant la nuit, et leurs ravages avaient aggravé ceux causés par les armes. Salim ferma les yeux.

— Je suppose, soupira Edwin en secouant la tête, que si tu n'étais pas venu, tu aurais été malade de curiosité. À toi de voir ce qui est le plus supportable.

Un feulement rauque monta des herbes hautes, non loin de là. Edwin porta la main à la poignée de son sabre.

— Un tigre des prairies, murmura-t-il. Il a dû dormir sur place pour continuer son festin la nuit prochaine. Demi-tour sans précipitation. Si nous ne faisons pas de mouvements brusques, il n'attaquera pas. Tant pis pour les flèches.

Ils regagnèrent à reculons la Passe de la Goule. Lorsqu'ils s'y furent engagés, ils respirèrent librement.

— C'est gros, un tigre des prairies? demanda Salim.

— À peu près comme un ogre qui se tiendrait à quatre pattes. Un peu moins haut, plus long mais aussi lourd.

— La première fois que nous sommes arrivés ici, se remémora Salim, il me semble en avoir aperçu un, près de la forêt de Baraïl.

— Vous avez eu de la chance, constata simplement Edwin.

Lorsqu'ils rejoignirent le camp, le chariot était chargé. Il avait été convenu que Salim mènerait l'attelage tandis que maître Duom et Artis Valpierre se tiendraient à l'arrière. Camille retrouva Murmure avec plaisir, tandis qu'Ellana montait le cheval de Hans et Chiam celui du rêveur, presque remis de sa blessure. C'est dans cet ordre qu'ils se mirent en route.

À l'est des Dentelles Vives, la prairie était moins verte. Les hautes herbes pâtissaient du soleil brûlant de l'été et séchaient en se teintant de jaune. Les grands bosquets, toujours aussi nombreux, étaient formés de feuillus plutôt que de résineux. Ils virent une multitude de coureurs, ces petites autruches colorées, et une harde de siffleurs sauvages s'enfuit à leur approche.

La piste était large, bien entretenue, des chemins secondaires s'y raccordaient parfois, desservant sans doute des villages. Au milieu de l'après-midi, ils rencontrèrent d'autres voyageurs.

Ceux-ci, au nombre d'une douzaine, chevauchaient vers l'Ouest, en encadrant une charrette chargée de coffres. Lorsqu'ils les croisèrent, les hommes portèrent la main à leurs armes. Edwin se contenta de leur adresser un bref salut.

— Des vigiles escortes, expliqua-t-il lorsqu'ils se furent éloignés. Ils sont sur le qui-vive. En ce moment, toute rencontre représente un danger potentiel, surtout si ce qu'ils convoient a de la valeur.

La chaleur devenait écrasante et Camille fut reconnaissante à Ellana de lui tendre un foulard bleu pour nouer sur ses cheveux.

Ils traversèrent un village, puis un autre, avant d'arriver dans un gros bourg. Une halte aurait été fort appréciée, mais Edwin décida de poursuivre le chemin.

La contrée était désormais constituée d'immenses champs de céréales au milieu desquels se dressaient des fermes ressemblant davantage à des châteaux forts miniatures qu'à de classiques exploitations agricoles.

— Mes grands-parents maternels ont une ferme comme celle-ci, expliqua Bjorn à Camille. Le maître agriculteur peut diriger jusqu'à cinquante ouvriers, qui vivent sur place. Si tu ajoutes les femmes et les enfants, tu comprendras que la bâtisse est un village, organisé pour se débrouiller seul, y compris lors des attaques de brigands.

— Pourquoi n'es-tu pas devenu fermier ?

— Ma mère a quitté l'exploitation pour épouser mon père qui avait fait fortune dans le commerce des peaux. J'ai grandi à Al-Chen, une ville au nord-ouest de la capitale, près du lac Chen, mais j'ai passé beaucoup de temps à la ferme de mes grands-parents, d'abord à jouer dans les granges puis à courir après les bergères. Plus tard, comme je n'avais aucune disposition pour le négoce, l'agriculture ou quoi que ce soit d'autre, j'ai appris le maniement des armes. J'ai acheté une armure, ma première hache, et je suis parti sur les routes. Il y a peu, j'étais persuadé d'être un parfait chevalier errant, fier et romantique. Je commence à comprendre que j'ai gâché pas mal d'années et d'argent, celui gagné par mes parents, en me cachant la vérité. Piètre acteur, j'ai joué un rôle peu glorieux qui m'emplit de repentir, mais j'ai déjà eu l'occasion de te dire ça.

Camille l'écoutait gravement et Bjorn reprit :

— Je me demande pourquoi je te raconte de pareilles choses. Un adulte, même aussi puéril que moi, qui se confie à une jeune fille à peine sortie de l'enfance… Ce n'est pas courant et peut-être même pas souhaitable! Allons, trêve d'égocentrisme, parle-moi de toi, de ta vie d'avant, de ce que tu ressens maintenant.

Camille se pencha pour flatter l'encolure de Murmure puis elle prit la parole.

— Je crois que je n'ai pas grand-chose à raconter. J'ai l'impression de sortir d'un rêve. J'ai passé sept ans à vivre au ralenti sans savoir que j'attendais de revenir ici. La famille qui m'a accueillie n'était pas aimante et, si j'en ai souffert, j'en suis désormais heureuse. Ainsi, la séparation n'a pas été douloureuse. Je n'ai pas eu d'autres amis que Salim, et je crois comprendre aujourd'hui que, pendant toutes ces années, je n'étais pas entièrement là-bas. Une partie de moi était restée en Gwendalavir et m'empêchait de m'intégrer complètement. Je me suis réveillée en arrivant et mes souvenirs ne sont pas plus importants que des rêves que l'on fait la nuit et qui s'estompent le matin venu.

Bjorn l'écoutait, bouche bée.

— Mais quel âge as-tu, finit-il par dire, pour parler ainsi ?

— Je ne sais pas, Bjorn. Je ne sais vraiment pas. Peut-être quatre mille neuf cent quinze jours, peut-être quatorze ou quinze ans. J'ai parfois l'impression d'être un bébé et d'autres fois je sais que j'ai plusieurs siècles. Est-ce important ? Ça ne m'empêche pas d'être moi, tu ne crois pas ?

Bjorn se frotta les yeux.

— J'abandonne, Camille ! Je ne suis pas assez intelligent pour discuter avec toi. Si tu veux, nous pouvons continuer à la hache de combat, sinon je te serais reconnaissant de baisser un peu le niveau.

— Ne te fais pas plus bête que tu ne l'es, se moqua Camille. Tu as parfaitement compris ce que je te disais.

Mais le chevalier avait décidé de jeter le gant. Il lui adressa un clin d'œil et talonna son cheval pour se placer à la hauteur d'Edwin.

En début de soirée, une troupe armée se porta à leur rencontre.

— La garde impériale, annonça Edwin.

Il y avait là six soldats impressionnants, portant des armures rutilantes et montant des chevaux de guerre.

Celui qui les dirigeait leva un bras pour leur intimer l'ordre de s'arrêter.

— Bonjour, lança-t-il d'une voix forte. Pouvez-vous me dire ce qui vous conduit sur cette route et quelle est votre destination ?

— Nous sommes au service de l'Empereur, annonça Edwin, et nous nous rendons à Al-Jeit.

Le guerrier cuirassé eut un mouvement de surprise. Il se mit au garde-à-vous.

— Général Til' Illan, balbutia-t-il. Je ne vous avais pas reconnu. Excusez-moi, je suis désolé.

— Et le voilà général maintenant, railla Salim à voix basse. Il ne manque plus que le costume de pape à sa panoplie.

Edwin tranquillisa le soldat d'un geste.

— Il n'y a aucun problème. Vous ne pouviez pas savoir qui nous étions et vous faites votre travail. La route est-elle sûre jusqu'à la capitale ?

— Oui, mon général. Nous n'avons pas d'incidents à rapporter.

— Et après le fleuve ?

— Nous avons des postes fixes jusqu'à Al-Jeit. Désirez-vous que nous vous escortions ?

Edwin réfléchit un instant puis secoua la tête.

— Ce ne sera pas la peine, merci. Nous avons eu des accrochages entre Al-Vor et les Dentelles, des bandits et des ogres dans les collines de Taj.

Le soldat eut l'air gêné.

— Cette zone n'est pas sûre, mon général, mais nous ne sommes plus assez nombreux pour la surveiller. Nous avons reçu des ordres pour restreindre notre rayon d'action. Nous n'assurons plus que des patrouilles entre le Pollimage et les Dentelles Vives.

— Je comprends, le tranquillisa Edwin. Bon courage.

— Merci, mon général. Bonne route à vous.

Les gardes impériaux se rangèrent sur le bord de la piste et Salim fit claquer ses rênes. Il se sentait fier de voyager en compagnie d'un personnage aussi important qu'Edwin. Il ne put s'empêcher de carrer les épaules.

— Attention, ironisa Bjorn, tu gonfles. Tu vas finir par exploser.

3

Sphère graphe : Joyau affinant la perception des Spires. Une sphère graphe ts'liche est réglée sur les ondes mentales propres aux guerriers lézards. Un Alavirien est incapable de la toucher volontairement et, si un contact a lieu contre sa volonté, il peut créer des troubles psychiques très importants, voire causer la mort.

Encyclopédie du Savoir et du Pouvoir.

Le soleil se couchait lorsque Edwin donna le signal de la halte. Il semblait beaucoup plus détendu depuis leur rencontre avec la garde impériale et le camp fut dressé dans la bonne humeur générale.

Ils repartirent tôt le lendemain matin pour profiter de la fraîcheur. Chiam Vite avait pris son parti de sa mésaventure et se révéla un agréable compagnon, plein d'humour. Il les régala de savoureuses histoires dans lesquelles il ne manquait pas de railler la prétention des humains, selon lui trait dominant de leur race. Il avait toutefois suffisamment de finesse pour que personne ne se vexe.

De longs tronçons de piste étaient maintenant pavés de dalles rosées, dures et lisses, et leur progression en fut facilitée.

La nuit suivante, Edwin ayant décidé de faire une pause dans une auberge, ils dormirent dans des lits au soulagement général. Camille soupira d'aise en s'allongeant sur son matelas. Ellana, qui partageait sa chambre, sourit.

— J'ai souvent rêvé d'emporter un lit avec moi en voyage, avoua-t-elle, mais Murmure n'a jamais été d'accord pour le porter.

Edwin les laissa dormir tout leur saoul. Quand ils reprirent la route, la chaleur déjà accablante ne parvint pas à ternir le bien-être qu'avait apporté une bonne nuit de sommeil.

En fin de journée, ils parvinrent sur les rives du fleuve Pollimage. Camille, qui chevauchait en tête à côté d'Edwin, crut tout d'abord que c'était l'océan. Une immensité d'eau, fuyant jusqu'à l'horizon. Un monde bleu et mouvant, sur lequel se découpaient des voiles, blanches pour la plupart. Puis elle discerna un relief à la limite de son champ de vision.

Le Pollimage était bien un fleuve, aussi large que quatre Amazone placées côte à côte. Elle ouvrait la bouche pour crier son émerveillement lorsqu'elle le découvrit.

Elle resta muette.

Le pont s'envolait vers le ciel, en une courbe gracieuse et puissante à la fois. Il scintillait comme s'il était de lumière et non de matière et, juste avant de toucher les étoiles, redescendait, à des kilomètres de là, sur l'autre rive. Ses proportions tenaient du miracle, comme la facilité avec laquelle il se jouait de la pesanteur. C'était une merveille de pureté et de perfection. Des larmes montèrent aux yeux de Camille.

— Qu'est-ce que c'est? réussit-elle à dire.
— L'Arche, répondit simplement Edwin.

Ils s'étaient arrêtés au sommet d'une éminence pour profiter du spectacle et Camille mit pied à terre. Elle avança de quelques pas et sentit, plus qu'elle ne vit, Salim se placer près d'elle. Les autres, pour ne pas troubler ce moment magique, étaient restés un peu en arrière, silencieux.

Éperdu d'admiration, Salim essayait en vain d'imaginer comment des hommes avaient pu réaliser un tel chef-d'œuvre. Camille, elle, ne réfléchissait pas. Son cœur et son âme s'envolaient vers l'infini, portés par la courbe de l'Arche. En même temps, une boule se noua au creux de son ventre, comme si tout son être se déchirait.

Dans son dos, le soleil commença à basculer derrière l'horizon et elle comprit pourquoi Edwin avait retardé le départ du matin. Il souhaitait qu'ils arrivent en ce lieu à ce moment précis de la journée! Le ciel se teinta d'or et de sang, et l'Arche explosa.

Les cristaux qui semblaient la constituer captèrent une nuance différente dans la palette qu'offrait le soleil couchant. Ils amplifièrent ces couleurs, les dispersant dans toutes les directions et l'Arche devint le centre d'un univers de lumières.

Les larmes coulèrent sur les joues de Camille, impossibles à arrêter, tandis que la boule dans son ventre se dissolvait, emportée par une vague de joie. Et le chuchoteur fut là, niché au creux de son cou.

Il n'eut pas besoin de délivrer de message. Camille avait compris, son bonheur était complet.

Elle resta immobile à contempler l'Arche jusqu'à ce que le soleil se soit couché et la nuit installée. Le spectacle demeura féerique. Le pont avait pris une couleur argentée et scintillait doucement dans l'obscurité. Impossible de savoir s'il irradiait sa propre lumière ou s'il diffractait celle des étoiles.

Salim avait rejoint les autres et le camp était monté. À regret, elle se détourna. Maître Duom vint à sa rencontre.

— La première vision de l'Arche, murmura-t-il, est toujours un moment exceptionnel.

Camille hocha la tête. Elle ne trouvait pas de mots pour décrire ce qu'elle ressentait. Comme s'il l'avait deviné, maître Duom reprit la parole.

— L'Arche, tu l'auras perçu, n'a pas été bâtie mais dessinée.

— Je croyais qu'il ne fallait pas faire de dessins permanents.

Le vieil homme sourit.

— C'est vrai. Toutefois, il y a mille cinq cents ans, lorsque les hommes se sont libérés du joug ts'lich, ils ont fêté la victoire en créant l'Arche et la majeure partie d'Al-Jeit. À circonstances exceptionnelles, actions exceptionnelles.

— Je serais incapable d'imaginer quelque chose d'aussi beau.

— Tous les dessinateurs de Gwendalavir ont uni leurs dons pour cette création, Ewilan, et ils ont été guidés par le plus grand.

— Merwyn Ril' Avalon?

— Oui, c'est lui qui a brisé le verrou que les Ts'liches avaient placé dans les Spires. C'est également lui qui, le premier, a fait un pas sur le côté et a gagné l'autre monde, celui où tu étais exilée.

— Merwyn, ce nom parle à ma mémoire… murmura Camille en caressant le chuchoteur toujours niché sur son épaule.

Maître Duom fronça les sourcils en apercevant la bestiole.

— Ton ami est revenu… remarqua-t-il.

— Oui, pendant que je contemplais l'Arche. Je savais que nous nous retrouverions.

— Il a vraiment un comportement insolite, commenta l'analyste. Allons retrouver les autres maintenant, poursuivit-il en désignant le camp du menton.

— D'accord, mais avant, juste une question. De quoi est constituée l'Arche ?

Le vieillard sourit.

— Nul ne le sait. Elle a été dessinée pour être inusable, indestructible et personne n'a jamais pu en prélever un fragment pour l'étudier. Il est toutefois probable qu'elle soit en diamant. Un seul et unique diamant, pesant des millions de tonnes et long de plusieurs kilomètres.

Le repas se déroula dans le calme. La présence de l'Arche, illuminant la nuit, avait un effet apaisant, même sur le caractère bouillonnant de Salim qui ne prononça pas plus de dix mots de la soirée. Camille s'endormit en caressant le chuchoteur.

Au matin, la troupe descendit vers le Pollimage. Plus Camille se rapprochait de l'Arche, plus elle se sentait écrasée par sa majesté.

— La route passe dessus ? demanda-t-elle à Edwin.

— Oui, répondit le maître d'armes, l'Arche est un objet d'art, mais c'est aussi un pont.

— Ce doit être horriblement glissant.

— Non, pas du tout. Le problème est ailleurs. Ceux qui ont dessiné l'Arche n'ont pas créé de parapet. Il est donc conseillé de la traverser au centre.

— Il doit y avoir des accidents…

— Il y en a, c'est vrai, mais moins que tu ne peux le croire. Elle est large de plus de cinquante mètres, les risques sont donc minimes.

Camille ne parut pas vraiment rassurée, mais se tut.

Au bord du Pollimage, près de l'ancrage du pont, se dressait un village coquet aux maisons soigneusement décorées.

— Cazan, le village des attrape-benêts, commenta Bjorn. C'est comme si la réalité de la guerre n'était pas arrivée jusqu'ici. Seules comptent les affaires. La moitié des habitants exerce le métier d'aubergiste, l'autre moitié vend des souvenirs. Avec le prix d'un repas, tu t'offres une nuit dans un palace à Al-Jeit.

— Ne me dis pas, railla Salim, qu'on peut acheter des boules de verre avec une Arche miniature à l'intérieur, sur laquelle tombent des flocons de neige quand on la retourne ?

— Bien sûr que si, et aussi des tuniques brodées d'inscriptions du genre « Souvenir de l'Arche ». C'est affreux à en mourir et, en plus, ça coûte une fortune.

Salim éclata de rire.

— Bjorn, ça me rassure. Quel que soit le monde où ils se trouvent, les hommes restent les hommes.

— La fréquentation de Camille a beau affiner tes pensées, tu as encore des difficultés à t'exprimer clairement, déclara Bjorn en se grattant la tête. Je crains de ne pas avoir saisi le sens de ta maxime.

— C'est bon, Bjorn, oublie. Je n'ai rien dit.

Bien qu'il soit tôt, de nombreuses personnes déambulaient dans les rues fleuries de Cazan. Chiam Vite considérait cette animation avec un sourire ironique. Il paraissait se moquer éperdument des regards étonnés que lui jetaient les passants. Il intercepta toutefois la question silencieuse que lui posait Camille et s'approcha d'elle.

— Les Faëls avoir voyagé dans tout Gwendalavir et la plupart des humains avoir déjà croisé l'un d'entre nous, mais n'y pas être encore accoutumés. J'avoir l'habitude d'être regardé comme un phénomène. Ce qui me surprendre davantage, ce être que tes compagnons m'accepter sans aucune difficulté.

— Je te trouve peu différent de nous, pourtant.

— Détromper-toi. Il y avoir un monde entre les humains et les Faëls. Nos corps avoir des ressemblances, mais nos esprits être dissemblables. Totalement. Nous ne pas raisonner de la même manière.

De près, l'Arche était monumentale. Aussi large qu'Edwin l'avait annoncé et parfaitement lisse, elle s'élançait en pente douce vers les nuages. Elle semblait réellement faite de diamant et lorsque les chevaux s'y engagèrent, leurs sabots sonnant clairement, Camille vit la couleur bleue du Pollimage se refléter à travers son épaisseur.

— Nous avons de la chance, remarqua Bjorn. Il y a parfois tant de monde sur l'Arche que les gens se bousculent et que certains finissent dans l'eau quelques centaines de mètres plus bas. Qu'ils finissent tout court, en fait.

— Ne l'écoutez pas, conseilla Maniel. Cet homme est prêt à inventer n'importe quoi pour se rendre intéressant.

Lorsque, une heure plus tard, ils parvinrent au sommet de l'Arche, Edwin leva la main et Salim arrêta l'attelage.

— Venez voir, proposa le maître d'armes, cela en vaut la peine.

Camille et Salim le rejoignirent en marchant prudemment et se tinrent à ses côtés, au bord du vide. La vue était magique.

Les bateaux qui naviguaient sur le Pollimage paraissaient insignifiants, mais le fleuve conservait, même de si haut, toute sa puissance et sa majesté. Le vent soufflait fort à cette altitude et Camille se cramponna à Salim.

— Du calme ma vieille, railla ce dernier, ce n'est pas parce que j'ai le cerveau lent que tu peux compter sur moi pour t'envoler.

La remarque tira un sourire à son amie. Les moments de gaieté qu'elle avait l'habitude de partager avec Salim lui manquaient et elle se promit de faire en sorte de les retrouver.

La descente de l'Arche fut rapide et la troupe gagna un village ressemblant à s'y méprendre à Cazan. Ils le traversèrent sans ralentir. Tant que ce fut possible, Camille se tourna sur sa selle pour voir l'Arche puis, lorsque celle-ci eut disparu définitivement, elle se concentra sur la route, en se rappelant ce que lui avait raconté maître Duom. Merwyn Ril' Avalon et les dessinateurs de Gwendalavir avaient imaginé l'Arche, mais aussi la majeure partie d'Al-Jeit.

Quelles merveilles leur réservait la capitale ?

4

Un enseignant conscient de ses responsabilités peut-il s'autoriser un parallèle entre l'Art du Dessin, pouvoir bien réel, et la magie, invention destinée aux enfants ? Oui, bien sûr, s'il parle de Merwyn Ril' Avalon !

Elis Mil' Truif, maître dessinateur
à l'Académie d'Al-Jeit.

Il leur fallut quatre jours pour rallier Al-Jeit.

Les agglomérations étaient devenues nombreuses et, pour la première fois, Camille et Salim découvrirent des structures autres qu'agricoles. Devant leurs regards étonnés, Edwin se lança dans des explications :

— Al-Jeit est le cœur de l'Empire. Quand, il y a quinze siècles, les hommes se sont libérés du joug ts'lich, ils ont décidé de bâtir la capitale avant de partir à la reconquête de leurs terres. C'est là que s'est concentré tout ce qui restait du savoir humain. Aujourd'hui encore, une bonne partie de l'Empire est sauvage et les hommes qui y vivent sont des pionniers. Vous l'avez constaté en venant jusqu'ici, me semble-t-il. C'est à Al-Jeit qu'on forge l'acier, qu'on coule le verre, qu'on étudie la médecine et les étoiles. C'est à Al-Jeit aussi qu'on forme les dessinateurs. Dans le reste de l'Empire, vous ne trouverez que des artisans et des agriculteurs, y compris dans des villes comme Al-Vor.

Tout en écoutant Edwin, Camille regardait autour d'elle.

La contrée était peuplée mais la nature, respectée, avait conservé une place d'importance. Les villages, s'ils étaient plus étendus que ceux qu'ils avaient eu l'occasion de traverser jusqu'alors, gardaient des dimensions humaines, et il n'était pas rare de voir un animal sauvage traverser la piste ou jaillir d'un taillis.

Camille soupira en pensant à ce que les hommes avaient fait au monde qu'elle avait quitté. Ici, l'air était pur, même près des grandes forges, et l'eau des rivières, au cœur des bourgs, restait douce et limpide.

— Quand arriverons-nous à Al-Jeit? demanda-t-elle à Ellana qui chevauchait près d'elle.

— Cet après-midi, je pense, répondit la jeune femme.

— Est-ce que la ville sera aussi impressionnante que l'Arche?

Camille dut se contenter d'un sourire en guise de réponse.

Ils furent contrôlés, au milieu de la matinée, par une patrouille de gardes impériaux. Les soldats étaient détendus et leur travail relevait davantage de la routine que de la nécessité de surveiller la route.

Edwin ne se fit pas connaître et ils repartirent après avoir simplement indiqué qu'ils se rendaient à la capitale pour affaires.

La route était large, ses dalles roses soigneusement jointes, et ils rencontrèrent de nombreux voyageurs circulant dans un sens ou dans l'autre. Enfin, du sommet d'une colline arrondie, couverte d'herbe rase, Al-Jeit leur apparut.

Une nouvelle fois, Camille eut la respiration coupée. Al-Jeit n'était pas une ville, mais un miracle de clarté, de couleurs et d'eau.

Jaillissant de la plaine comme un bastion inexpugnable, un plateau rocheux aux bords verticaux s'élevait à une cinquantaine de mètres. La capitale était construite à son sommet, tours défiant le ciel, coupoles de nacre, passerelles arachnéennes.

Chacun des toits semblait tissé de lumière et l'ensemble tenait davantage du chef-d'œuvre prêt à l'envol que de la ville classique.

Plus magnifique encore que les constructions élancées, un rideau liquide tombait du plateau en une pluie continue et, cataracte scintillante, rejoignait les méandres d'un lent cours d'eau qui en faisait le tour. La piste empruntait un pont brillant de mille feux bleus qui se courbait jusqu'à atteindre une brèche dans le plateau.

Là, un dôme translucide protégeait le passage de l'eau qui jaillissait du sommet. Chacune des milliards de gouttes se teintait alors d'une nuance azurée et nimbait les alentours d'une lumière surnaturelle. Le marine se mariait avec l'outremer, ruisselait sur du cyan, ricochait sur de l'indigo.

Autant l'Arche était un parangon de pureté, autant Al-Jeit était un jaillissement de formes éblouissantes, de lignes étourdissantes, éclairées par la symphonie lumineuse de sa chute d'eau éternelle.

Salim se figea de saisissement et Edwin lui tapota l'épaule.

— Comment disais-tu, déjà, se moqua-t-il, vous avez le train, l'avion… C'est ça? Bienvenue à Al-Jeit! Le pont, la brèche et la cascade devant vous forment la porte de Saphir. Au sud, la porte d'Émeraude, au nord l'Améthyste et la porte de Rubis à l'est.

— D'où vient l'eau? interrogea Camille. Pourquoi ne cesse-t-elle pas de couler? Quelle force la conduit en haut?

— Tu es mieux placée que moi pour répondre, remarqua Edwin. Les mystères de la beauté d'Al-Jeit trouvent leur explication dans l'art des dessinateurs qui l'ont imaginée. Pour moi, elle est merveilleuse, cela me suffit.

Aucune construction ne s'élevait dans la plaine qui entourait la capitale, comme si personne n'avait osé bafouer la magnificence de la cité.

Les sabots des chevaux, lorsqu'ils arrivèrent sur le pont, émirent le même son cristallin que lorsqu'ils avaient traversé l'Arche. La route était devenue bleue et Camille ne douta pas une seconde qu'elle était de saphir.

Salim, complètement dépassé par la somptuosité du spectacle, n'osa pas demander pourquoi la rivière coulait en boucle, ce qui était théoriquement impossible. Il se contenta de lever les yeux. Les tours d'Al-Jeit n'étaient plus visibles sous cet angle. Ils s'engagèrent sous le dôme, où l'eau ruisselant autour d'eux teintait tout de bleu.

Autre enchantement, l'air était étonnamment sec, et le vacarme qui aurait dû résulter de la chute de l'eau n'était que bruissement.

La brèche de saphir franchie, Al-Jeit s'étendait devant eux. Tout d'abord une place pavée de grandes dalles couleur d'azur, au-dessus de laquelle s'entrecroisaient des passerelles de cristal. Des tours, ensuite, hautes et fines, puis des rues aux perspectives enivrantes.

Impossible de savoir ce qui avait été dessiné et ce qui avait été construit, la ville entière semblait magique.

Edwin se pencha vers Camille.

— J'aurais aimé, lui expliqua-t-il, te faire entrer au palais par la porte des Songes, mais je crains que ce ne soit pas discret. Nous allons passer par la Bouche de la garde impériale.

Le maître d'armes guida ses compagnons à travers la ville.

Camille et Salim écarquillaient les yeux devant les merveilles qui s'offraient à eux. Ceux qui étaient déjà venus à Al-Jeit n'étaient pas en reste, comme si la beauté de la cité interdisait toute satiété. Jusqu'à Edwin qui dévorait du regard les constructions vertigineuses qui les surplombaient.

La Bouche de la Garde était une gigantesque tour cylindrique qui paraissait de verre opaque, et s'élevait vers le ciel sans autre ouverture qu'une importante porte ronde.

Huit gardes se tenaient là, figés en un impressionnant garde-à-vous.

Edwin s'approcha de leur officier et lui murmura quelques mots.

L'homme se raidit et aboya un ordre. Les soldats s'écartèrent et les compagnons engagèrent leurs montures dans la Bouche. Un tunnel, cylindrique lui aussi, les conduisit trente mètres plus loin jusqu'à une cour au sol lisse et blanc.

Au-dessus d'eux, le ciel découpait un cercle bleu. De nombreuses fenêtres et quelques portes s'ouvraient dans les murs de verre.

Edwin descendit souplement de cheval, imité par ses amis. Camille remarqua que le maître d'armes avait encore gagné en prestance, comme s'il venait d'endosser un nouveau rôle qui exigeait de lui qu'il soit fier et charismatique. Il s'adressa brièvement aux gardes qui s'étaient précipités à sa rencontre puis se tourna vers elle.

— Si tu n'y vois pas d'inconvénient, lui proposa-t-il, tu vas venir avec moi, pendant que nos compagnons prendront le repos qu'ils ont mérité.

— Je suppose que je n'ai pas vraiment le choix, remarqua Camille sans acrimonie.

— Sois prudente! lui cria Salim alors qu'elle s'éloignait avec Edwin. Tu sais que lorsque je ne suis pas là pour veiller sur toi, tu fais les pires bêtises!

Elle secoua la tête et s'abstint de répondre. Le maître d'armes la guida le long d'une série de couloirs où ils croisèrent des soldats et de rares civils. Puis ils gravirent un escalier et abordèrent un niveau moins fréquenté. Camille avait vaguement l'impression d'avoir quitté la tour, mais son sens de l'orientation était perturbé par les multiples changements de direction imposés par son guide.

Elle se préparait à l'interpeller à ce sujet, lorsque Edwin frappa trois coups à une porte qu'il poussa sans attendre de réponse. La pièce dans laquelle ils pénétrèrent était claire, meublée sobrement, la majeure partie de l'espace occupée par une table immense jonchée de papiers et de cartes.

Un homme se trouvait là.

Il se tourna au bruit qu'ils firent en entrant et un sourire illumina son visage lorsqu'il les vit.

— Edwin! s'écria-t-il. Je commençais à m'inquiéter. Ton dernier message date de plus de quinze jours. As-tu réussi à convaincre les Faëls?

Camille examina brièvement l'homme qui se tenait devant eux. Il était grand, âgé d'une quarantaine d'années, un fin collier de barbe encadrait un visage aux traits fatigués mais aux yeux vifs et perçants. Il était vêtu simplement, d'un pantalon et d'une tunique blanche sur laquelle était passée une cotte de mailles légère.

Edwin s'inclina avec respect.

— J'ai renoncé à ma mission, annonça-t-il.

L'homme en blanc eut un mouvement de surprise, mais déjà Edwin poursuivait :

— Chiam Vite, prince faël, m'a accompagné jusqu'ici. Ce n'est toutefois pas pour cette raison que j'ai fait demi-tour.

Sans donner davantage d'explications, il s'effaça devant Camille.

5

Gommeur : Arthrobatracien à phases de vie complexes mesurant une trentaine de centimètres de long et pesant jusqu'à trois kilogrammes. Ne vit à l'état sauvage que dans les marécages d'Ombreuse. Les gommeurs dégagent une onde psychique parasite qui interdit tout accès aux Spires de l'Imagination.

Encyclopédie du Savoir et du Pouvoir.

S il' Afian, Empereur de Gwendalavir, scruta le visage d'Edwin qui n'ajouta rien. Son attention se porta alors sur Camille. Il l'examina pendant presque une minute, sans un mot, puis son regard se mit à briller. Il s'approcha et posa les mains sur ses épaules.

— Tu as les mêmes yeux que ta mère, finit-il par déclarer.

— Vous savez qui je suis ? s'étonna Camille.

Le souverain hocha la tête. Camille ne put deviner si l'émotion qu'elle percevait en lui était causée par le revirement de son maître d'armes ou par son arrivée.

— Qui d'autre qu'Ewilan Gil' Sayan pourrait empêcher mon vieil ami Edwin de mener une mission à bien ?

Il la contempla à nouveau avant de poursuivre :

— Tu es le portrait d'Élicia. Quiconque a vu ta mère une fois ne peut l'oublier et j'ai passé beaucoup de temps avec tes parents. Je suis heureux qu'Edwin t'ait retrouvée, mais je regrette que tu reviennes à une époque aussi troublée.

— Majesté, intervint ce dernier, Ewilan a le don. L'Empereur se redressa et, surpris, fixa Edwin.

— Si jeune ? Que veux-tu dire ?

— Nil' Erg l'a testée, expliqua le maître d'armes. Elle a généré un cercle noir.

— Un cercle noir, mais...

— Elle n'a aucun souvenir de son enfance, Majesté. Ses parents l'avaient mise en sécurité dans l'autre monde et avaient effacé sa mémoire. Elle est revenue, seule, en faisant un pas sur le côté. Elle a vaincu, toujours seule, un mercenaire du Chaos, certainement un Mentaï. Elle sait imaginer des dessins qui persistent et tout laisse à croire qu'elle est capable...

— ... d'éveiller les Figés... continua Sil' Afian dans un murmure.

Il se passa les mains dans les cheveux.

— ... Si seulement nous savions où ils se trouvent, acheva-t-il.

— Nous le savons, Majesté ! déclara Edwin. Ewilan nous a également révélé cela !

L'Empereur donna un grand coup de poing sur la table.

— Bon sang ! s'exclama-t-il. Ça change tout, nous avons une chance maintenant ! Qu'est-ce que le vieux Duom pense de tout cela ?

— Il est au palais, Majesté. Il a fait le voyage avec nous.

Sil' Afian, euphorique, se tourna vers Camille.

— Sais-tu ce que représentent pour nous les paroles d'Edwin ?

— Je crois que tout le monde a fait en sorte que je comprenne, répliqua Camille. Si je peux éveiller les Figés, je le ferai.

L'Empereur la considéra, stupéfait.

— Elle est étonnante, expliqua Edwin, mais Altan et Élicia se devaient d'avoir une telle fille. Nous pouvons être fiers d'eux… et d'elle, ajouta-t-il.

Camille dévisagea le maître d'armes. Elle avait été surprise de discerner une telle émotion dans sa voix. Il n'avait jamais laissé deviner qu'il connaissait intimement ses parents. L'entendre les appeler par leurs prénoms fit naître dans son esprit une foule de questions qu'elle se promit de lui poser.

— Nous avons du travail, Edwin, reprit l'Empereur. Raconte-moi tout depuis le début. Nous prendrons ensuite les décisions qui s'imposeront.

Le maître d'armes jeta un regard interrogateur vers Camille et Sil' Afian continua :

— Je crois qu'Ewilan a gagné un peu de détente.

Il se tourna vers elle.

— Je vais te faire raccompagner. Nous nous reverrons plus tard.

— Si je peux me permettre, intervint Edwin, je suis sûr qu'elle aimerait retrouver les compagnons qui ont fait le voyage avec nous.

— Évidemment. Où sont-ils ?

— Dans la Bouche de la Garde.

— Je vais donner l'ordre qu'on leur prépare un appartement au palais.

Camille s'attendait à voir l'Empereur tirer un cordon pour appeler un serviteur, mais il se mit à des-

148

siner. Une cloche retentit dans une pièce voisine, lui tirant une esquisse de sourire. Le souverain de Gwendalavir était un bien piètre dessinateur !

Un soldat ne tarda pas à se présenter et Sil' Afian lui donna quelques ordres brefs.

— Tu peux suivre mon ordonnance, ajouta-t-il à l'intention de Camille. Il te conduira à tes amis.

Elle se demanda brièvement comment il fallait prendre congé de l'Empereur, mais celui-ci abrégea son embarras en lui passant la main dans les cheveux.

— À tout à l'heure, Ewilan. Au-delà même de l'espoir que tu nous apportes, je suis sincèrement heureux de t'avoir retrouvée.

6

> *Éléa Ril' Morienval était une traîtresse, un serpent*
> *que l'Empire abritait en son sein, mais l'oreille du sei-*
> *gneur Saï Hil' Muran, qui pourtant m'était acquise,*
> *refusa d'entendre la vérité…*
>
> Maître Carboist, *Mémoires du septième cercle.*

aître Duom et Artis Valpierre étaient
absents, mais le reste de la compagnie se
prélassait dans de profonds fauteuils de cuir disposés autour d'une table basse sur laquelle étaient
placés des rafraîchissements.

Chiam Vite avait passé une jambe par-dessus un
accoudoir et sirotait un verre de bière. Il semblait
apprécier la situation et discutait avec Ellana. Bjorn
et Salim qui, à son habitude, faisait preuve d'une
abominable impertinence, se chamaillaient.

Seul Maniel paraissait mal à l'aise et tout natu-
rellement, une fois son arrivée saluée par des excla-
mations, Camille se dirigea vers lui. Contrairement
aux autres, le colosse se tenait droit dans son fauteuil et n'avait pas touché aux boissons.

— Un problème ? s'enquit-elle.

Maniel regarda autour de lui, indécis, avant de
répondre.

— Je n'ai rien à faire ici.

— Que veux-tu dire?

— Je suis un simple soldat. Ma place n'est pas dans le palais de l'Empereur.

— Mais tu as couru les mêmes dangers que nous, objecta Camille, tu as vécu les mêmes moments difficiles. Il est normal que nous nous retrouvions ensemble.

Les autres s'étaient tus et suivaient l'échange avec attention. Maniel sourit tristement.

— Le danger fait partie de la vie d'un soldat, exposa-t-il. Ce que tu as vécu est sans doute exceptionnel pour toi, mais constitue mon quotidien. Je ne dois m'attendre à rien d'autre. Je ne suis ni noble ni riche, ma place est devant les portes de la ville à surveiller les entrées ou au cœur des batailles à combattre les Raïs. C'est ainsi, Edwin Til' Illan me l'a encore rappelé avant que nous atteignions Al-Jeit.

Camille se sentit envahie par un flot de colère.

— Tu dis n'importe quoi! s'exclama-t-elle. En quoi la noblesse ou l'argent ont-ils un rapport avec la place qui doit être la tienne? Ellana, Bjorn, aidez-moi à lui expliquer que…

Elle se tut en voyant les figures fermées de ses compagnons.

Chiam Vite prit la parole.

— Tu comprendre maintenant pourquoi je te dire que les Faëls et les humains être différents. Chez nous, seule la valeur compter. La naissance et l'or ne vouloir rien dire. Un Faël devenir ce qu'il avoir envie de devenir, pas un homme.

— Mais…

— Mais ce être ainsi! Maniel, demain, garder les portes d'Al-Jeit. Une minorité commander, les autres obéir et si tu ne pas me croire, demander à tes amis, ce qu'ils avoir envie de faire, et ce qu'ils faire vraiment.

Camille, défaite, se tourna vers les autres. Personne n'osait parler et le silence devint écrasant. Finalement, Bjorn se gratta la gorge et se lança.

— Je t'ai avoué à quel point tu as transformé ma vie. Je ne demanderais qu'à continuer, mais…

— Mais?

Le chevalier avait l'air affreusement gêné. Il poursuivit malgré tout.

— Avant d'arriver à Al-Jeit, Edwin Til' Illan m'a également annoncé que mon rôle s'arrêtait là. Des hommes de la Légion noire vont prendre le relais. Je repars demain, une nouvelle fois sans but.

Camille prit une profonde inspiration et se tourna vers Ellana. La jeune femme sourit tristement.

— Tu sais pourquoi je suis ici, n'est-ce pas? Je dois sur mon honneur sauver trois fois la vie d'Edwin. Je me suis toutefois attachée à toi et à cette tête brûlée de Salim – c'est sans doute mon irrépressible romantisme qui le veut – et je serais volontiers restée près de toi jusqu'à la fin de ton parcours. Cela m'a été refusé. J'ai reçu le même message que Bjorn et Maniel.

Camille poussa un affreux juron, mais Chiam n'en avait pas fini.

— Que croire-tu donc? Qu'Edwin Til' Illan aller te chouchouter et t'entourer de tes amis? Je ne pas savoir quelle être ta mission, et je ne surtout pas vouloir la connaître. Par contre, je comprendre qu'elle être importante pour l'Empereur et son général maître d'armes. Il n'y avoir que ça qui compter. L'amitié et les sentiments être parties négligeables.

Imaginer-tu que Salim avoir le droit de continuer avec toi ? Je être prêt à parier mon arc qu'on lui avoir déjà prévu une voie de garage. Alors comprendre Maniel lorsqu'il te dire qu'il ne pas avoir sa place ici !

Camille serra les poings.

— Vous auriez envie de continuer ? siffla-t-elle. Ça vous est interdit ? Chacun à sa place, c'est ça ? Personne n'ose soulever d'objections ? Tu viens, Salim ?

Le garçon se leva d'un bond.

— Pas de problème ma vieille, lança-t-il avec entrain. Je te suis. Sur qui vas-tu passer tes nerfs cette fois ?

— Sur ce faux jeton d'Edwin ! cracha Camille.

Suivie de son ami, elle sortit par la porte qu'elle avait franchie quelques minutes plus tôt.

— Qu'est-ce qu'on fait ? s'inquiéta Bjorn. Ça risque de chauffer…

— Rien, répondit doucement Ellana, on ne fait rien.

Un sourire s'épanouit sur ses lèvres, reflet de celui qui fendait le visage de Chiam. Bjorn faillit insister, mais il se ravisa et laissa éclater un rire joyeux.

— Général des armées de Gwendalavir, énuméra-t-il, maître d'armes de l'Empereur, vainqueur des dix tournois, commandant de la Légion noire… Je parie cent pièces d'or sur la petite.

— Pari non tenu, s'exclama Chiam Vite. Il n'avoir aucune chance !

À chacun des pas qui la rapprochaient d'Edwin, la colère de Camille croissait. Elle marchait à grandes enjambées et Salim avait du mal à suivre. Il est vrai qu'il perdait beaucoup d'énergie en boutades, lancées plus pour se rassurer que pour la distraire.

Étrangement, elle atteignit sans difficulté la pièce où elle avait rencontré l'Empereur. Elle entra sans frapper.

Sil' Afian et Edwin, penchés sur des cartes, levèrent la tête.

— Ewilan, s'exclama Edwin, que fais-tu ici ?

— Est-il vrai que vous avez refusé le droit à Bjorn et à Ellana de nous accompagner ? Est-il vrai que Maniel va se retrouver scotché aux portes de la ville à compter les passants ? Est-il vrai que vous avez prévu de nous séparer, Salim et moi ?

Le ton de Camille était allé croissant pour finir sur un cri. Salim en resta béat d'admiration, mais lorsque Edwin se redressa, furieux, il se sentit tout à coup minuscule et insignifiant.

— Ça suffit, Ewilan ! asséna le maître d'armes. Je sais ce que je fais et ton avis ne m'intéresse pas !

Salim, à cet instant précis, aurait préféré se retrouver face à un Ts'lich plutôt que face à Edwin. Pâle, les dents serrées, le maître d'armes était effrayant. La réaction de son amie le laissa pantois.

Elle éclata d'un rire mauvais.

— Je m'appelle Camille, cracha-t-elle, pas Ewilan ! Et je refuse d'obéir à vos ordres idiots et arbitraires ! Je refuse d'abandonner mes amis !

— Ne sois pas stupide, lança Edwin en se dominant difficilement. Il ne s'agit pas d'amitié, mais d'efficacité. Bjorn et Maniel, pour courageux qu'ils soient, ne valent pas, au combat, les hommes de la Légion noire. Duom est trop vieux pour continuer, Ellana ou Chiam manquent de discipline. Quant à

Artis, c'est un rêveur, je n'ai pas à prendre de décision à son sujet. Peux-tu comprendre ça ?

Camille avait croisé les bras et défiait Edwin du regard.

— Non ! Vos légionnaires ne sont rien pour moi ; ils ont beau être des surhommes, ils sont incapables de sauver l'Empire. Bjorn, Ellana et les autres ont fait leurs preuves jusqu'ici, ils désirent continuer. Ils en ont le droit !

Sil' Afian ouvrit la bouche pour intervenir, mais Edwin ne lui en laissa pas le temps.

— Tais-toi ! s'emporta-t-il. Tu n'es qu'une gamine capricieuse. Tu me fais perdre mon temps. Va-t'en !

Camille devint livide.

— Je suis capricieuse ? siffla-t-elle. Vous êtes un dictateur ! Vous voulez que je m'en aille ? Je ne demande pas mieux. Allez donc ordonner aux Sentinelles de se réveiller et, si elles n'obéissent pas, peignez-les en bleu !

Elle renifla sèchement et leva le menton d'un air fier. Elle attrapa le bras de Salim et, soudain, Edwin et l'Empereur se retrouvèrent seuls.

— Elle a fait un pas sur le côté, s'exclama Sil' Afian. Où est-elle allée ? Il faut la retrouver !

Edwin avait déjà quitté la pièce.

7

Les Raïs sont laids, stupides et manquent totalement de discipline, mais ils sont également sauvages, insensibles, avides de sang… et nombreux ! Un soldat impérial peut tenir tête à trois Raïs, mais il y a dix Raïs pour un soldat impérial !

Seigneur Hil' Muran, Aparté lors
d'un conseil de guerre.

— Tu ne crois pas que tu en as fait un peu trop ?

Salim et Camille déambulaient côte à côte, au cœur de la foule qui arpentait les rues d'Al-Jeit. Le pas sur le côté les avait conduits dans la cour intérieure de la Bouche de la Garde. Les soldats, postés à l'entrée, n'avaient pas bronché à leur passage et, depuis presque une heure, ils se promenaient en admirant les merveilles de la capitale.

— Tu n'es pas d'accord avec ce que j'ai dit ?

— Si, bien sûr, mais quand même, c'est à Edwin que tu parlais…

Camille s'arrêta et regarda son ami dans les yeux.

— Salim, si tu n'es bon qu'à te moquer des braves gens comme Bjorn et que tu t'écrases dès que tu es confronté à des Edwin, tu vas dégringoler dans mon estime.

Le garçon bafouilla une réponse inintelligible et Camille lui sourit. Elle avait été trop dure envers lui. Elle savait bien ce qu'il avait voulu dire.

— J'ai un peu exagéré, admit-elle, mais ça m'a soulagée. Et ma diatribe va peut-être faire évoluer les choses.

— Tu n'as pas l'intention de renoncer, alors ?

— Bien sûr que non. On va les éveiller, ces Figés, ne serait-ce que parce que j'ai quelques questions à poser à une certaine Éléa Ril' Morienval qui a trahi mes parents.

— Et Edwin ?

— Laissons-le mariner un peu dans son jus. Ça ne doit pas lui arriver souvent. En attendant, nous avons la possibilité de nous retrouver et de découvrir une ville de conte de fées. Ça ne te plaît pas ?

— Ça me plaît, ma vieille, ça me plaît vraiment.

La nuit était tombée depuis longtemps. La cité continuait toutefois à briller, d'une lumière aussi claire que celle du jour, chacune de ses façades irradiant une couleur différente. Il y avait toujours autant de monde dans les rues et, à plusieurs reprises, ils croisèrent des Faëls.

Finalement, ils se lancèrent à la conquête des hauteurs de la ville. Ils empruntèrent d'abord un escalier vertigineux s'enroulant autour d'une flèche de jade, puis une série de passerelles cristallines qui semblaient aussi fragiles que de la dentelle mais étaient en réalité aussi résistantes que l'acier. Un nouvel escalier les propulsa un peu plus vers les sommets. À chaque niveau, ils rencontrèrent des promeneurs, des commerces, des lumières, de l'animation. Salim désigna une tour qui s'élançait plus haut que les autres.

— Ça te tente ? proposa-t-il à Camille. Du sommet, on doit voir jusqu'au bout de l'univers.

— Alors n'hésitons pas !

Ils franchirent des ponts arachnéens, si élevés qu'à plusieurs reprises Camille ferma les yeux. Une fois arrivés, ils découvrirent une entrée et s'y engagèrent. L'endroit, à l'écart du tumulte de la ville, était presque désert. Un escalier en colimaçon s'élevait à l'intérieur des murs. Ils gravirent une centaine de degrés avant de déboucher à l'air libre.

Ils étaient parvenus au point culminant de la cité. Les lumières qui régnaient plus bas n'arrivaient pas entièrement jusqu'à eux et des myriades d'étoiles se découpaient sur le ciel nocturne. Ils se trouvaient sur une plate-forme circulaire de presque vingt mètres de diamètre et, pour la première fois depuis des jours, ils étaient complètement seuls. Ils se penchèrent par-dessus le parapet pour admirer Al-Jeit.

— Si ma carte dit vrai, déclara Camille, nous sommes au sud-est de l'Empire, Al-Poll est dans cette direction, à presque mille kilomètres.

— Est-ce que ta carte explique comment nous allons rejoindre nos lits ? ironisa Salim. Je commence à fatiguer et, au risque d'attirer tes moqueries, je dois avouer que j'ai faim.

— J'avais oublié que tu étais un estomac à pattes, et fainéant en plus. C'est bon, rentrons. Mais, si tu arrives à tenir le coup, j'aimerais qu'on se promène encore un peu. Autant profiter de ce moment de liberté, tu ne crois pas ?

— Comme tu veux…

Ils se préparaient à redescendre lorsque des pas se firent entendre dans la montée d'escaliers. Ils n'eurent pas à patienter longtemps. Une haute silhouette émergea sur la plate-forme. Camille sentit un frisson lui parcourir le dos. Elle recula brusquement, entraînant Salim avec elle.

— Mais… commença ce dernier.

Il y eut un chuintement. Une lame d'acier brilla à la clarté des étoiles.

— Merde, jura Salim, un mercenaire du Chaos.

Camille raffermit sa prise sur le bras de Salim et dessina son pas sur le côté.

Il ne se passa rien.

Le mercenaire avançait vers eux.

Il était vêtu d'une armure de cuir noir et portait sur l'épaule une répugnante masse gélatineuse qui ressemblait au croisement d'un crapaud et d'une limace.

— Un gommeur, expliqua-t-il d'une voix où l'ironie le disputait à la haine. Cet affectueux compagnon a la curieuse faculté de rendre impossible l'utilisation des Spires. Intéressant, non ?

Camille et Salim avaient reculé jusqu'à sentir le parapet dans leur dos. Ensemble, ils jetèrent un bref coup d'œil en bas. Le mercenaire eut un vilain rire.

— C'est une possibilité, persifla-t-il. La chute sera longue, mais la fin rapide. Je ne vous promets pas de faire aussi vite… avec ceci !

Il fouetta l'air de son épée et les deux amis sursautèrent.

— Allons, cracha le mercenaire, au travail…

8

Peu d'Alaviriens ont vraiment exploré les royaumes raïs, mais nous savons qu'ils sont dirigés par des rois fous et sanguinaires qui ne pensent qu'à s'entretuer. Si les Ts'liches n'avaient pas contraint les guerriers cochons à s'organiser, ils auraient continué à ne représenter qu'une gêne pour nous et non un danger mortel…

Seigneur Saï Hil' Muran, *Journal de bord.*

— Nous sommes donc d'accord, répéta Edwin. Maniel et Bjorn, vous partez côté sud et parcourez les grandes avenues. Ellana et Chiam, vous vous occupez des niveaux supérieurs. Je m'emploie à verrouiller les portes de la cité, Artis attendra là, au cas où ils reviendraient.

Le rêveur hocha la tête, le soldat et le chevalier se mirent presque au garde-à-vous, mais le Faël ne broncha pas et la jeune marchombre se contenta de sourire.

Edwin les regarda, surpris.

— Vous n'êtes pas d'accord ? s'étonna-t-il.

— Tu nous as expliqué que notre rôle était fini, lança Ellana. C'est d'ailleurs pour ça que Camille t'a envoyé promener, si je ne m'abuse. Assume seul tes décisions, maintenant ce n'est plus mon problème.

Le maître d'armes se contint avec difficulté.

— Les choses ont changé, admit-il, et j'avoue m'être trompé. Il faut que vous m'aidiez.

Les mots avaient été difficiles à prononcer, mais ils n'attendrirent pas la jeune femme.

— Où as-tu vu jouer, railla-t-elle, que cinq malheureux comme nous pouvaient fouiller Al-Jeit ?

— Nous n'avons pas le choix. Nous sommes les seuls capables de les reconnaître.

— Tu n'es même pas sûr qu'ils soient encore en ville…

— Des gardes les ont vus franchir la Bouche. Où voudrais-tu qu'ils se trouvent ? Il faut essayer, j'ai besoin de votre aide. La petite est la seule à pouvoir éveiller les Figés, et elle est en danger. Les Ts'liches ont dû repérer son pas sur le côté. Qui sait ce qu'ils vont lui envoyer cette fois ?

Chiam Vite plissa les yeux.

— Ce être donc ça, apprécia-t-il. J'avoir compris que la fille être importante, mais pas à ce point. Éveiller les Sentinelles de Gwendalavir, rien d'autre…

— Elle peut le faire, c'est exact, déclara Edwin, et il y a urgence. Nos armées sont en train de se faire tailler en pièces par les dessinateurs ts'liches et les cohortes raïs.

Artis Valpierre, qui n'avait encore rien dit depuis qu'il avait rejoint le groupe, grimaça.

— C'est si sérieux que ça ?

Edwin les considéra avec gravité.

— La situation est presque désespérée, annonça-t-il. Tous nos hommes sont au Nord et ils affrontent d'énormes difficultés. Ils tiennent le coup, mais cela ne durera pas indéfiniment. Un message de Saï Hil' Muran, le seigneur d'Al-Vor, est arrivé avant-hier. Il estime que nos armées résisteront un mois, peut-être deux mais pas davantage. Quand elles céderont, les Raïs ravageront l'Empire en quelques semaines, sans rencontrer la moindre résistance. Al-Jeit sera rasée, Gwendalavir et ses habitants ne seront plus qu'un souvenir.

Le rêveur pâlit. Il se tourna vers Ellana.

— Je sais ce que tu penses de moi, articula-t-il sans bafouiller ni rougir. Tu trouves que je suis un lâche, un pleutre, un moins-que-rien. Sache que je préfère être tout cela plutôt que de te ressembler, même un peu. Tu es une femme arrogante et obstinée. Pour ménager ton amour-propre, tu cours le risque de sacrifier des millions d'êtres humains. Tu me fais honte.

La jeune femme éclata de rire, mais tous virent que la tirade avait touché sa cible.

— C'est bon, lâcha-t-elle. Je vous aiderai à chercher l'aiguille dans la meule de paille, mais je pose deux conditions préalables. Nous retrouvons les deux jeunes, pas seulement Camille et, quand ce sera fait, nous étalerons sur la table, en toute égalité, la suite de l'aventure.

Tous se tournèrent vers Edwin.

— D'accord, finit-il par dire. Je m'engage à ce que ceux qui auront envie de continuer continuent.

À cet instant précis, Camille se matérialisa dans la pièce, juste à côté d'eux. Elle était couverte de sang.

En découvrant la présence d'Artis, son regard s'illumina.

Avant que quiconque ait pu prononcer un mot ou esquisser le moindre geste, elle se précipita vers le rêveur et le saisit par le bras.

Une fraction de seconde plus tard, ils avaient disparu.

9

Marchombre ! Que ce mot les fait rêver ! Ils cèlent soigneusement ce rêve sous un voile de méfiance, de crainte ou de blâme, mais l'évidence est là : ils nous envient ! Ils essaient de nous réduire au rang de voleurs ou d'acrobates, ils écrivent sur nous, hasardent mille explications alors que la vérité se résume en un seul mot : liberté. Nous sommes libres et cela nous place hors leur loi !

Ellundril Chariakin, chevaucheuse de brume.

Le mercenaire du Chaos avait fait un pas en avant.

Les deux amis étaient acculés au parapet et l'assassin se délectait visiblement de la situation. Son épée siffla une seconde fois. Camille ne put retenir un cri. Le rire du mercenaire résonna à nouveau, méprisant et mortel. Sur son épaule, le gommeur ressemblait à une outre flasque et putride, le compagnon idéal pour un être tel que lui. Salim serra les dents.

— Donne-moi ton poignard, ordonna-t-il à Camille.

— Non, Salim…

Le mercenaire baissa la pointe de sa lame.

— Mais oui, persifla-t-il, excellente idée. Donne-lui donc ton poignard…

Sans s'occuper de lui, Salim fixa son regard dans les yeux de son amie.

— Donne ! lui enjoignit-il.

Sa voix était calme, assurée. Il était pourtant tendu comme un arc et les muscles de ses mâchoires tremblaient imperceptiblement.

Lentement, Camille dégagea le couteau qu'Ellana lui avait offert, et le lui tendit. Salim se tourna vers le mercenaire.

— Quel courage ! railla ce dernier. Si tu n'étais pas aussi ridicule, je te trouverais presque comique.

— Chez moi, on a un dicton, articula Salim d'une voix blanche. On dit « stupide comme un mercenaire ».

Piqué au vif, l'assassin sursauta. Il relâcha son attention une infime seconde.

Salim bondit. Il était rapide, décidé, mais le mercenaire était une machine à tuer surentraînée. Il évita sans peine la charge maladroite du garçon et leva son épée.

Salim eut un hoquet lorsque la lame lui perfora l'abdomen et Camille poussa un hurlement en la voyant ressortir dans son dos, ruisselante de sang.

Il savait depuis le début qu'il n'avait aucune chance de vaincre ou même de blesser le mercenaire. Il n'essaya pas.

La douleur dans son ventre était atroce. Ses forces le quittaient à une vitesse incroyable ; déjà sa vue se troublait. Ses jambes se mirent à trembler.

— Stupide comme un mercenaire, balbutia-t-il en abattant son poignard.

Le coup était faible. Il n'aurait pas entamé l'armure du mercenaire. Le gommeur, lui, fut sectionné en deux. Salim s'effondra.

L'assassin comprit qu'il devait agir vite. Il se précipita vers Camille mais, plus rapide que lui, elle se propulsa dans l'Imagination.

Il s'attendait à la voir disparaître. Une boule de feu le cueillit au creux de l'estomac et lui fit traverser la moitié de la plate-forme. Camille n'avait pas bougé.

Il se remit péniblement debout, ses vêtements en flammes. Il fit un pas. Un seul.

Un éclair titanesque fendit le ciel, illuminant la ville et les alentours. Le mercenaire fut réduit en un tas de cendres.

Camille se précipita vers Salim. Il était tout pâle. Une grosse tache de sang s'élargissait sous lui. Il tenta pourtant de sourire en la voyant.

— Joli éclair, ma vieille, murmura-t-il avec difficulté. Presque aussi joli que tes yeux…

Il fut pris d'un tremblement soudain et Camille poussa un cri d'angoisse.

— Fait froid, chuchota-t-il, tu trouves pas ?

Camille ne répondit pas, elle avait disparu.

Salim plissa les yeux. « Dommage », songea-t-il.

Il s'enfonça doucement dans les ténèbres.

À côté du corps du garçon, Artis Valpierre était agenouillé.

— Sauve-le, Artis, je t'en supplie… Il n'est pas mort, pas vrai Artis ? Artis…

10

Vous, élèves de deuxième année, savez tous dessiner une flamme. Cela est dû à la prédominance de la vue sur nos autres sens. Imaginer ce que l'on voit est beaucoup plus facile qu'imaginer ce que l'on sent et une lumière possède une réalité presque uniquement visuelle. Un aveugle, en revanche, dessinera beaucoup plus facilement une odeur qu'une flamme.

Elis Mil' Truif, maître dessinateur
à l'Académie d'Al-Jeit.

Edwin Til' Illan se tenait droit devant ses compagnons. Son air était grave et ses mâchoires crispées faisaient saillir les muscles de son cou. Le silence était total.

L'Empereur Sil' Afian n'avait pas souhaité être là, alors que maître Duom, malgré sa faiblesse, avait insisté pour venir. Il se tenait appuyé contre Artis Valpierre qui le soutenait de son mieux. Bjorn avait voulu lui avancer un siège, mais l'irascible vieillard l'avait envoyé promener. Tout le monde était debout, il était hors de question qu'il assiste assis à l'événement.

Le maître d'armes inspira profondément et les autres retinrent leur souffle.

— Je suis désolé, articula-t-il d'une voix claire et sonnante.

Camille sentit l'émotion lui nouer le ventre, tandis qu'Edwin continuait :

— Je vous demande pardon à tous.

Maniel s'agita, mal à l'aise, et Ellana posa la main sur son bras. Le colosse aurait souhaité être à des kilomètres de là, mais il comprenait que sa place était ici. Qu'il l'avait méritée.

— Les humains sont en danger, reprit Edwin. Un danger plus grave que ceux auxquels nous avons été confrontés jusqu'à présent. La puissance de nos armées est insuffisante pour y faire face. Alors que notre avenir s'assombrit de jour en jour, Ewilan nous apporte l'espoir. Une jeune fille à peine sortie de l'enfance et non un guerrier invincible. J'aurais dû prendre ce fait en compte, mais j'ai raisonné comme un soldat en écartant l'évidence. Vous avez prouvé votre valeur lors de la première partie de notre voyage et vous souhaitez le poursuivre, jusqu'à ce que nous réussissions à éveiller les Figés. C'est votre droit et je me rallie avec joie à votre désir.

Bjorn ne put s'empêcher de gonfler le torse et Chiam Vite lui jeta un regard ironique.

Edwin se tut quelques secondes. Son discours lui avait coûté, bien qu'il ait pensé chacun des mots qu'il avait prononcés. Lorsqu'il se sentit de nouveau maître de lui, il poursuivit, une ombre de sourire sur les lèvres :

— N'espérez tout de même pas que cela change quoi que ce soit au fonctionnement de notre groupe. J'en conserve le commandement et si j'accepte d'écouter vos arguments, quiconque désobéira aura affaire à moi !

— Bien parlé, chef ! s'écria Salim. J'en connais un, Bjorn pour ne pas le nommer, qui aurait bien besoin d'une fessée de temps en temps.

167

Camille éclata de rire, imitée par tous les autres.

Salim était passé si près de la mort que c'était un miracle qu'Artis l'ait sauvé.

— Il s'en est fallu d'une poignée de secondes… avait laissé entendre le rêveur lorsque, plus tard, on l'avait questionné.

Il avait réussi, grâce à son art, à soigner l'affreuse blessure causée par l'épée du mercenaire. Son rêve s'était déroulé sur le corps du garçon moribond, suturant les organes touchés, restituant leur intégrité aux veines et aux artères. L'extraordinaire vitalité de Salim avait fait le reste. Là où un autre aurait mis une semaine à récupérer, il ne lui avait fallu qu'une nuit de repos pour être sur pied.

Il vacillait encore un peu et se palpait parfois le ventre avec étonnement, mais chacun savait qu'il était remis. Bjorn avait dissimulé son angoisse derrière une boutade :

— Tu aurais pu rester mort un peu plus longtemps, ça nous aurait fait des vacances !

La plaisanterie n'avait tiré qu'un demi-sourire à Camille. Une fois Salim hors de danger, elle avait traversé un terrible moment de désarroi, que la blessure de son ami n'expliquait qu'à moitié. Elle revoyait sans cesse l'éclair qui avait réduit le mercenaire du Chaos en cendres. Il avait jailli d'un ciel limpide et l'assassin n'avait pas eu l'ombre d'une chance. Elle se connaissait suffisamment pour savoir qu'elle ne regrettait pas son geste, même inconsciemment, mais la force qui avait alors déferlé en elle la tourmentait. En comparaison, son dessin de l'orage et son combat à Paris lui paraissaient bien pâles. Elle se demandait avec appréhension quelles étaient les limites de son don. Si limites il y avait…

— Certes Salim est presque rétabli, mais nous ne partirons que dans trois jours, déclara Edwin.

— Je croyais qu'il y avait urgence, objecta Ellana.

— Il y a urgence, c'est vrai. Cela ne signifie pas que nous devons nous précipiter tête baissée dans les bras des Raïs. Les Ts'liches ignorent qu'Éléa Ril' Morienval a révélé à Ewilan l'endroit où sont détenus les Figés. Ils savent cependant où nous sommes et surveilleront par précaution les accès à Al-Poll. Si nous ne voulons pas que notre voyage devienne un piège mortel, il va falloir ruser.

Edwin déroula une carte sur la table et la maintint avec des verres.

— Le chemin le plus logique pour rallier Al-Poll, surtout quand on est pressé, est la route du Nord qui relie la capitale à Al-Chen.

— Nous allons donc passer par là? demanda Bjorn.

— Et affronter une cohorte raï par jour, envoyée par les Ts'liches? Non merci! Nous allons faire un détour.

Un grand silence accueillit ces paroles.

— Nous retrouverons le Pollimage, un peu au nord de l'Arche. Là, nous embarquerons sur un navire qui nous conduira au lac Chen. Ce sera plus long mais plus sûr.

— Et les Ts'liches ne se douteront de rien? ironisa Ellana.

— Je ne le pense pas, répondit gravement Edwin, d'autant qu'un convoi avec des soldats jouant nos rôles partira en même temps que nous par la route du Nord.

La jeune marchombre réfléchit un instant.

— Ça peut marcher, admit-elle. Et après Al-Chen ?

— Difficile de prévoir à l'avance. Ça dépendra beaucoup des combats et de la position des Raïs.

— Pourquoi attendre trois jours, alors ? intervint Camille.

Edwin se tourna vers l'analyste.

— Duom doit mener une recherche cruciale. Duom ?

Le vieillard se racla la gorge avant de confier :

— Le Gardien.

— Le Gardien ? reprit Camille.

— Quand Éléa Ril' Morienval t'a parlé à l'orée de la forêt de Baraïl, elle t'a bien dit qu'un Gardien la surveillait.

— J'ai cru qu'il s'agissait d'un Ts'lich…

— Hélas non. Il y a de fortes chances que le Gardien en question soit beaucoup plus redoutable !

— Plus redoutable qu'un Ts'lich ! s'écria Salim.

— J'ai de sérieuses raisons de croire qu'il nous faut connaître l'identité de ce Gardien, poursuivit l'analyste sans tenir compte de l'interruption.

— Mais pourquoi donc, bon sang ? s'exclama Bjorn.

— Pour l'affronter avec des chances raisonnables de succès. Des histoires, des légendes font référence à lui. Il faut que je me les procure et que je les étudie. Seule la bibliothèque du palais m'offre cette possibilité.

Salim se demanda si maître Duom avait encore toute sa tête pour perdre trois jours à lire des contes de fées, mais comme personne ne se manifestait, il préféra pour une fois se taire.

Edwin eut le mot de la fin :

— Nous avons également besoin de repos. Nous sommes en sécurité à Al-Jeit, chacun de nous devrait en profiter. Ewilan, pour rencontrer les maîtres dessinateurs de la capitale, Bjorn et Maniel, pour se procurer une nouvelle armure. Quant à toi, ami faël, l'Empereur a le très grand désir de faire ta connaissance. Tu nous honorerais en conférant avec lui du futur de nos peuples. Ce ne sont, bien sûr, que des propositions. Chacun de vous est libre, ne l'oublions pas !

11

L'Art du Dessin n'est rien à côté d'une bonne salade de champignons.

Merwyn Ril' Avalon.

Au cours de l'après-midi qui suivit cette réunion, chacun vaqua à ses occupations.

Chiam Vite rencontra l'Empereur et Ellana partit à la découverte d'Al-Jeit. Artis Valpierre aurait souhaité que Salim se repose encore un jour ou deux, mais le garçon se démena pour accompagner la marchombre et, bien entendu, personne ne put le retenir.

Bjorn prit Maniel en charge pour le guider dans la cité à la recherche d'un équipement. L'Empereur avait placé l'armurerie du palais à leur disposition, mais le chevalier insista pour qu'ils se débrouillent seuls.

— J'ai de l'argent, affirma-t-il. Assez pour acheter dix armures si je le veux. J'ai envie d'en offrir une à mon ami et je ne vais pas m'en priver. Je n'aime pas l'idée de ressembler à un garde impérial, soit dit sans te vexer, Maniel, et ainsi nous aurons l'occasion de découvrir les meilleures tavernes de la ville.

Les deux compères partirent donc ensemble sous le regard vaguement envieux d'Artis.

172

— Tu ne veux pas les accompagner ? lui proposa Edwin.

— Je ne pense pas être capable de supporter un dixième de la dose d'alcool que ces deux-là vont ingurgiter, répondit le rêveur. Il faut, de plus, que je surveille l'état de santé de maître Duom.

— Mais je vais parfaitement bien, affirma le vieil analyste. Je dois étudier à la bibliothèque et je n'ai pas besoin que tu sois dans mes pattes !

Un sourire, chose rare, éclaira le visage du rêveur.

— Je ne vous importunerai qu'aujourd'hui, le rassura-t-il. Demain, à la première heure, je vous laisserai pour rejoindre Fériane.

— Tu ne continues pas avec nous ? s'étonna Camille.

Artis écarta les bras en signe d'incertitude.

— Maître Carboist m'a enjoint de vous accompagner jusqu'à Al-Jeit. Je dois maintenant prendre des ordres auprès de la confrérie rattachée à la capitale. La décision de poursuivre l'aventure à vos côtés ne m'appartient pas.

Camille soupira. La notion de hiérarchie l'insupportait et elle ne comprenait pas les gens qui abandonnaient volontairement leur liberté.

Artis prit conscience de sa critique informulée.

— Obéir peut être un choix, affirma-t-il avec force. C'est celui que j'ai fait pour progresser dans la voie du rêve et je ne pense pas qu'il soit critiquable. Ne sois pas si prompte à juger.

— Tu as raison, Artis, s'excusa-t-elle. Nous te devons beaucoup et il serait malvenu de ma part de l'oublier. Tu as sauvé les vies d'Ellana, de Bjorn, de Salim et certainement celle de maître Duom. Je ne te critique pas, je formule le vœu que tu viennes avec nous. Du moins si tu le désires…

Le rêveur parut affreusement embarrassé. Il rougit, à son habitude, et se passa les mains sur le visage avant de balbutier :

— Je le souhaite, jeune femme, je le souhaite du fond du cœur.

Il se détourna ensuite et Camille échangea un regard surpris avec Edwin. Le comportement du rêveur ne cessait de la dérouter. Qu'il l'ait appelée jeune femme la déconcertait. Malgré ce que prétendait Salim, elle n'était pas si âgée que ça...

Maître Duom et Artis se retirèrent, Camille resta seule avec Edwin.

— Et toi, qu'as-tu prévu ? demanda-t-il.

— Vous avez mentionné les maîtres dessinateurs d'Al-Jeit ce matin. Je crois que j'aimerais les rencontrer.

— Rien de plus facile. Le verrou ts'lich leur interdit de s'avancer trop loin dans les Spires, mais leur enseignement repose davantage sur la pédagogie que sur la puissance. Ils sauront t'intéresser et te faire découvrir des aspects encore inconnus de leur art.

— Ils sont vraiment incapables d'abattre ce verrou ?

— Ce sont de bons dessinateurs, d'excellents professeurs, expliqua le maître d'armes, mais seules les Sentinelles ont assez de pouvoir pour détruire le verrou.

Camille l'observa. Il était détendu et, fait rare, visiblement d'humeur à discuter. Elle décida de se jeter à l'eau.

— Edwin, vous avez connu mes parents. Vous voulez bien me parler d'eux?

Il hésita un instant, puis sourit et s'assit dans un fauteuil. Camille s'installa face à lui et se prépara à boire ses paroles.

— J'ai connu ton père, commença Edwin, alors qu'il avait dix-sept ans et moi vingt. Il était l'un des dessinateurs les plus doués de l'Empire, et le plus précoce. J'arrivais du Nord et si, dans la Citadelle, j'étais un seigneur, à Al-Jeit je n'étais plus qu'un jeune homme un peu perdu. Nous nous sommes rencontrés au palais et, très vite, nous sommes devenus amis. Lui, exubérant et sociable, moi, secret et timide, nous nous sommes parfaitement complétés. Il avait pour tâche de dévoiler à Sil' Afian, le futur Empereur, les arcanes du dessin ; j'avais pour devoir de lui enseigner le maniement des armes. Rapidement, nous avons constitué un trio d'inséparables amis, même si le statut de Sil' Afian l'empêchait de tout partager avec nous. Nous avons vécu trois années magnifiques. La vie nous souriait, nous étions jeunes, libres et avions la chance de connaître une amitié parfaite. Puis ta mère est arrivée… C'était une jeune dessinatrice d'à peine dix-huit ans, peut-être encore plus douée que ton père. Elle était merveilleusement belle, intelligente, fine, nous sommes tombés tous les trois désespérément amoureux d'elle. Elle a choisi Altan, ton père… Cela n'a pas brisé notre amitié, mais a mis fin à notre vie insouciante. Sil' Afian, le premier, s'est éloigné. Il est monté sur le trône et s'est pleinement consacré à sa fonction. Je suis parti pour la frontière nord, de nouveau en butte aux attaques des Raïs. Je n'étais pas mécontent de m'éloigner. Je savais qu'il me faudrait du temps pour accepter sereinement l'union de tes parents…

Il resta un instant silencieux, perdu dans ses souvenirs.

— Je ne devais pas les revoir avant de nombreuses années, reprit-il. Ton frère Akiro est né sans que je le sache ; j'étais général des armées impériales et la guerre ne me laissait pas de répit. J'ai tout de même appris qu'ils avaient intégré ensemble l'ordre des Sentinelles. Cela ne m'étonna pas. Depuis Merwyn, l'Empire n'avait pas connu d'aussi brillants dessinateurs. Les affrontements avec les Raïs ont fini par se calmer et j'ai pu revenir à Al-Jeit. C'était il y a quatorze ans, tu venais juste de naître. J'ai retrouvé tes parents avec joie. Je me rendais compte à quel point ils m'avaient manqué et j'ai été heureux de découvrir que le bonheur qui se dégageait de ta famille était sans faille. J'ai vu Élicia te raconter des histoires, alors que tu n'avais pas six mois. Tu gazouillais en essayant d'attraper tes pieds et ta mère était toujours aussi belle. J'ai passé avec vous quelques jours parmi les plus doux de ma vie. Akiro était un petit garçon de cinq ou six ans je crois, plein de vie, vif et intelligent. Pourtant, c'était toi que je regardais. Tu étais le bébé que j'aurais pu avoir avec Élicia et, si je n'étais plus amoureux, ton sourire m'emplissait d'une douce mélancolie… Les troubles ont repris au Nord, et les pirates alines ont commencé leurs incursions au Sud. Je suis reparti me battre. Je n'ai jamais revu tes parents.

Edwin se tut, les yeux perdus dans le vague.

Doucement, Camille se leva. Elle s'approcha de lui et déposa un baiser sur sa joue. Le maître d'armes passa la main dans ses cheveux et sourit.

— Tu connais toute l'histoire, conclut-il. Et comble d'ironie, nous voici partis pour délivrer Éléa Ril' Morienval, alors qu'elle a sans doute causé la mort de tes parents.

Camille s'approcha un peu plus de lui.

— Je vais te révéler un secret, murmura-t-elle. Quelque chose que je n'ai dévoilé à personne…

Edwin la regarda avec surprise, alors qu'elle s'écartait d'un pas. Elle se tint un instant devant lui, puis appela d'une voix douce, un peu hésitante :

— Maman…

Le chuchoteur apparut aussitôt, à sa place favorite, niché sur son épaule. Edwin n'eut pas le temps de s'étonner. Le message résonna, non dans l'esprit de Camille, mais dans la pièce entière.

— *Prends soin d'Ewilan, Edwin, je te la confie. Quoi qu'il arrive, rappelle-toi qu'elle est ce qui compte le plus au monde pour moi. Je sais que je peux te faire confiance, mon ami de toujours. Je suis heureuse que tu sois près d'elle.*

Je pense à toi…

Les derniers mots s'éteignirent et le silence retomba, total.

Une larme perla au coin de l'œil d'Edwin, qu'il essuya machinalement. Il serra Camille contre son cœur en murmurant :

— Promis, Élicia ! C'est promis !

12

Siffleur : Ongulé d'un peu plus d'un mètre au garrot, à la tête ornée d'une crête osseuse servant à fouir le sol, à se défendre et à émettre un sifflement caractéristique, porteur selon ses modulations de différentes informations de base. Le siffleur d'élevage fournit la plus grande partie de la viande consommée en Gwendalavir.

Encyclopédie du Savoir et du Pouvoir.

Les trois jours de répit s'écoulèrent rapidement.

Salim les passa dans les rues d'Al-Jeit avec Ellana et Chiam. Il appréciait de plus en plus le Faël et son sens de l'ironie, et continuait à aduler la marchombre.

La jeune femme reprit de manière intensive l'entraînement du garçon. Edwin leur avait libéré une salle d'armes et Salim sortait de ces séances moulu mais ravi.

Les soirées que Bjorn et Maniel passèrent ensemble leur permirent de jeter les bases d'une solide amitié. Ils avaient commandé deux armures presque identiques à un célèbre artisan d'Al-Jeit, Maniel ayant seulement demandé qu'on grave sur son plastron le rameau doré de la maison Hil' Muran. Leur prix était très élevé, mais le chevalier assura son ami que cela n'avait aucune importance. Le forgeron requit deux jours de délai qu'ils employèrent à se balader et à festoyer.

Maître Duom s'enferma dans la bibliothèque et on ne fit plus que l'entrevoir.

Artis, comme prévu, était parti pour Fériane et ne donnait pas signe de vie.

Edwin, lui, passa le plus clair de son temps avec l'Empereur, mais se débrouilla pour toujours garder un œil sur Camille.

Celle-ci avait découvert les maîtres dessinateurs. Dès le premier jour, elle comprit qu'ils ne seraient peut-être pas les modèles qu'elle attendait.

— Tu peux dessiner tant que tu demeures dans le palais, l'avait rassurée maître Duom en insistant sur la dernière partie de sa phrase.

Il avait désigné du doigt les soldats en armure sombre postés dans les couloirs et les endroits stratégiques.

— Les hommes de la Légion noire sont capables d'exterminer tout assassin que les Ts'liches seraient assez sots pour envoyer ici. C'est leur principale tâche depuis quelques mois et ils ont démontré leur efficacité. Profites-en pour dessiner ! Quand nous repartirons, il te faudra de nouveau t'abstenir.

Le premier exercice proposé par les maîtres fut la création d'une flamme. Camille se souvint d'une phrase d'Edwin : « Allumer le feu à l'aide d'un graphe est une chose que beaucoup de gens savent faire ici. »

En poussant un soupir de résignation, elle obtempéra. Son dessin, pour simple qu'il fût, impressionna fortement les maîtres qui se regardèrent, surpris. La suite fut à peine plus complexe. Une heure plus tard, Camille s'ennuyait à mourir.

« J'ai l'impression d'être de nouveau au collège ! » songea-t-elle.

Elle s'obligea pourtant à poursuivre sans rechigner, et en fut récompensée. Ses professeurs interrompirent leur programme et l'un d'eux, maître Elis, s'adressa à elle :

— Excusez-nous, jeune fille, si nos exercices vous ont paru simplistes. Nous voulions être certains que vous étiez aussi douée qu'on nous l'annonçait. Si vous êtes d'accord, passons maintenant au travail que nous réservons d'ordinaire aux élèves beaucoup plus âgés que vous.

Camille respira. Elle allait enfin s'amuser.

Elle ne fut pas déçue.

Les maîtres dessinateurs la mirent face à d'astucieux défis où sa rapidité et son imagination comptaient autant que son pouvoir. Elle dut créer de l'eau, du feu et toutes sortes de matières pour répondre aux exigences toujours plus grandes des enseignants. Elle jongla avec les couleurs, les formes, les textures et, à chaque piège, trouva une réponse. Quand le cours s'acheva, elle fut chaudement félicitée.

— À demain, lui lança maître Elis. Nous avons travaillé la Créativité et vous avez été remarquable. Le verrou dans les Spires nous interdit d'explorer l'axe du Pouvoir, aussi, lors de la prochaine séance, nous privilégierons la Volonté. J'ai hâte de vous pousser dans vos retranchements et de trouver vos limites.

Camille ne voulait pas paraître prétentieuse, aussi ne releva-t-elle pas cette dernière phrase.

Elle se savait très loin d'approcher ses limites…

La séance du lendemain consista en un affrontement de volontés.

Une boule blanche, en verre, d'un mètre de diamètre, avait été posée sur une table. Maître Elis la montra à Camille en lui expliquant l'exercice.

— C'est très simple. Je vais colorer cette sphère en rouge et vous vous efforcerez de la rendre bleue. Vous êtes prête ?

Camille hocha la tête et immédiatement le dessin du professeur se matérialisa. La boule devint écarlate.

À son tour, elle se jeta dans l'Imagination. Elle n'eut aucune difficulté à intervenir dans la création de maître Elis et la grosse sphère, abandonnant le rouge, se teinta d'une jolie couleur turquoise.

Le professeur tenta de reprendre le contrôle du dessin. Avec intérêt, Camille vit ses efforts se briser contre sa couleur sans qu'elle ressente la moindre tension. Le front de l'enseignant s'emperla de sueur ; il se tourna, stupéfait, vers ses confrères. Ils échangèrent un regard et Camille les sentit se lancer, eux aussi, dans les Spires.

L'air autour de la boule parut crépiter d'une vague lueur vermeille, mais l'objet garda sa parfaite couleur bleue. Les cinq professeurs redoublèrent d'efforts.

En vain...

Au bout de quelques minutes de cette joute stérile, Camille en eut assez. Elle se rendait compte que les maîtres dessinateurs n'admettraient jamais leur défaite, comme elle savait qu'ils n'avaient aucune chance de réussir. Aurait-elle été moins sûre de sa supériorité, elle les aurait laissés gagner, par simple courtoisie. Mais qu'ils aient uni leurs pouvoirs alors qu'il s'agissait, au départ, d'un défi de maître Elis ne lui semblait pas des plus honnête. Elle modifia légèrement son dessin.

La sphère commença à clignoter : turquoise, marine, turquoise, marine, turquoise… Une inscription s'étala sur sa surface en lettres dorées : « Tricher n'est pas jouer ! »

Cette tentative d'humour marqua la fin des leçons de Camille… Les maîtres dessinateurs lâchèrent prise, l'air atrocement vexé, et se retirèrent sans un mot.

— C'était juste pour rigoler, essaya d'expliquer Camille à maître Duom un peu plus tard.

L'analyste ne put s'empêcher de sourire.

— Je ne nie pas que ce devait être joli. Mais tu ne t'es guère montrée diplomate !

— Je vous assure qu'ils sont mauvais !

— Ils sont moins bons que toi, corrigea maître Duom, mais ça, on s'en doutait. Ils n'en restent pas moins d'excellents professeurs quand ils ont affaire à des élèves normaux. Tu es peut-être la meilleure dessinatrice qui ait vu le jour depuis Merwyn, n'en profite pas pour accabler de pauvres pédagogues !

Camille leva les yeux au ciel.

— J'étais censée apprendre !

Le vieil analyste lui lança un regard énigmatique.

— Qui sait si tu n'as pas appris, Ewilan ? Qui sait ?

Camille retrouva Salim, Ellana et Chiam. Ils visitèrent Al-Jeit, profitant au mieux de ses merveilles. Ils furent rejoints par Bjorn et Maniel, qui avaient reçu livraison de leurs armures, puis par Artis Valpierre qui leur annonça sa participation à la suite du voyage.

Quand Edwin les avertit que le départ était proche, un même frisson d'exaltation les parcourut. Les liens qui les unissaient s'étaient encore renforcés, jusqu'à Chiam Vite qui, pour la première fois de sa vie, se prenait à apprécier le contact des humains au point de ne pas songer à les quitter. Camille, au-delà de sa mission, attendait avec impatience l'instant où elle rencontrerait Éléa Ril' Morienval.

Elle allait obliger la Sentinelle à lui révéler où étaient ses parents, et rien ne l'empêcherait de les sauver !

AL-POLL

1

J'ai étudié l'autre monde. Il est déchiré par la guerre depuis des siècles. Les hommes s'y entretuent, anéantissent en une journée ce qu'ils ont mis des années à bâtir... J'aimerais pouvoir affirmer que cela n'existe pas en Gwendalavir, c'est hélas impossible. La guerre existe ici aussi. Peut-être l'homme est-il fondamentalement allergique à la paix ?

Maître Carboist, *Mémoires du septième cercle.*

Sil' Afian voulut tous les rencontrer avant leur départ.

— Nous n'avons pas eu le temps de faire connaissance, leur confia-t-il, je le regrette. Vous allez jouer un rôle essentiel pour l'avenir de l'Empire et, que vous réussissiez ou non, ma reconnaissance vous est acquise. Vous formez une troupe atypique soudée par des liens que je sens forts. J'avoue, cependant, avoir insisté pour que votre effectif soit renforcé par des hommes de la Légion noire et des dessinateurs, mon vieil ami Edwin s'y est opposé. Comme souvent, même si je suis l'Empereur, ses arguments l'ont emporté. Vous avez jusqu'ici montré votre efficacité ; ma confiance et mon espoir vous accompagnent. Le groupe qui jouera votre rôle pour leurrer les Ts'liches est parti ce matin par la route du Nord. Vos chevaux vous attendent. Bonne chance.

Un à un, les membres de la troupe saluèrent l'Empereur et sortirent.

Quand ce fut le tour de Camille, il l'embrassa chaleureusement.

— Merci Ewilan, lui souffla-t-il. Tes parents seraient fiers de toi.

Elle ne répondit pas. Elle était convaincue qu'Edwin n'avait rien raconté de l'intervention d'Élicia, et le chuchoteur qui, depuis la veille au soir, avait retrouvé sa poche de chemise, ne se manifesta pas. Elle sourit avec gentillesse. Sil' Afian, tout Empereur qu'il soit, avait été amoureux de sa mère. Un amour à sens unique qui atténuait l'aspect impressionnant de sa fonction.

Tant qu'ils le purent, Camille et Salim se retournèrent pour dévorer Al-Jeit des yeux. La capitale s'était gravée de manière indélébile dans leurs mémoires, mais ils ne pouvaient s'empêcher de la contempler, encore et encore.

— Regarde où tu vas, bonhomme! bougonna maître Duom.

L'analyste, complètement remis, avait emporté une dizaine de gros livres qu'il compulsait avec l'efficacité qu'octroie une longue habitude. C'étaient de lourds grimoires reliés de cuir, aux pages jaunies, couvertes d'une écriture cunéiforme incompréhensible. Des ouvrages qui n'auraient pas dépareillé la bibliothèque d'un magicien ou d'un thaumaturge. Maître Duom, à la suite d'un cahot plus marqué que les autres, venait de refermer celui qu'il parcourait et foudroyait Salim du regard.

— Pas de problème papi, répliqua le garçon qui menait l'attelage avec les attitudes d'un conducteur expérimenté. J'assure un max !

Maître Duom leva les yeux au ciel.

— Et dire que je vais effectuer ce périple à côté d'un voyou impertinent, gémit-il. Je ne le supporterai pas !

Le regard affectueux qu'il portait sur Salim démentait ses paroles et le garçon en eut chaud au cœur. Camille, qui s'était penchée pour suivre l'échange, fut rappelée à l'ordre par sa monture.

— Oui, Aquarelle, s'excusa-t-elle, je me tiens droite.

Cadeau de l'Empereur, la petite jument pommelée était adulte depuis peu, son dressage venait de s'achever. L'adolescente l'avait découverte au moment de partir et, dès le premier regard, avait été conquise. Elle paraissait taillée pour la vitesse, non pour le combat, avec les mêmes attaches fines que Murmure. Elle avait de grands yeux intelligents et, quand Camille posa sa main sur sa tête, le contact s'établit immédiatement entre elles. Sa selle de cuir gris bordé de blanc était en harmonie avec la couleur de sa robe. Bjorn résuma l'avis général en affirmant qu'il s'agissait d'une monture magnifique.

Salim aurait pu se montrer jaloux, mais la joie de son amie interdisait tout sentiment mesquin, de plus l'Empereur avait aussi pensé à lui. Il arborait fièrement la ceinture à laquelle étaient pendus deux magnifiques poignards et avait rangé dans son sac une corde aux reflets argentés soigneusement lovée.

— Un fil d'Hulm ! s'était extasiée Ellana. On ne s'est pas moqué de toi, il ne doit pas en exister plus de cinq au monde.

La jeune marchombre lui avait expliqué que la corde était censée être l'œuvre de Merwyn en personne. On la mentionnait dans de multiples histoires et elle était dotée de nombreux pouvoirs. L'un des plus intéressants, outre sa quasi-indestructibilité, était sa faculté de prendre la longueur souhaitée par son propriétaire. Salim s'était promis de l'essayer dès que possible.

2

Hulm est une jungle impénétrable, peuplée de monstres sauvages et d'êtres mystérieux. Un endroit idéal pour un pique-nique.

Merwyn Ril' Avalon.

Il ne leur fallut que trois jours pour gagner les rives du Pollimage.

Les chevaux étaient reposés et la monture supplémentaire qu'ils avaient emmenée permettait aux deux plus lourds d'entre eux, Bjorn et Maniel, d'en changer régulièrement.

Artis Valpierre chevauchait le Gris au côté de Chiam qui avait gardé le robuste cheval brun de Hans.

À la grande déception de Camille, ils ne revirent pas l'Arche, Edwin ayant finalement décidé d'embarquer plus au nord. Ils atteignirent le port fluvial de Morillan en fin d'après-midi. Quelques massifs navires à aubes étaient amarrés le long des quais, près des fins voiliers que Camille avait remarqués en arrivant à Cazan.

— Qu'est-ce qui actionne les roues? s'étonnat-elle. Je n'ai vu aucune machine depuis que nous sommes arrivés.

Maître Duom la regarda en souriant.

— Tu ne devines pas?

Camille réfléchit quelques secondes.

— Des dessinateurs ? proposa-t-elle.

— Gagné ! Un par bateau. Il dessine le mouvement des roues et permet ainsi de remonter le courant. Évidemment, dans l'autre sens, c'est un peu plus facile.

— Ce doit être épuisant…

— Je pense, oui. Les navigateurs forment une guilde très fermée. Ces hommes ont peu de Pouvoir ou de Créativité, ils possèdent, en revanche, une Volonté très développée. Ils se sont spécialisés et réussissent à maintenir un dessin dans la réalité au-delà de ce que tu serais capable de faire, bien que les mauvaises langues prétendent qu'ils ne sont pas capables d'allumer seuls une flamme. Grâce à la guilde, ils exercent un bon métier qui leur permet de vivre mieux que bien d'autres dessinateurs.

Ils s'étaient approchés d'un navire blanc amarré avec de solides cordages. De longs espars le tenaient éloigné du bord, protégeant une immense roue de métal et de bois parfaitement assemblés. Un homme, vêtu d'un sari jaune sur lequel était imprimée une roue bleue, descendit la passerelle et avança vers eux. Il les regarda un instant, puis adressa la parole à maître Duom.

— Vous devez être Yak Maldo. Je suis Iliam Polim, maître navigateur de la *Perle de Chen*.

Le vieil analyste serra la main que lui tendait son interlocuteur. Il avait été convenu, pour plus de sûreté, qu'ils voyageraient sous de fausses identités. Le passage avait été retenu au nom d'un soi-disant expert en construction aquatique, qui ne se déplaçait qu'avec suite, gardes et serviteurs.

— Quand pensez-vous que nous pourrons partir ? s'enquit Duom Nil' Erg.

— Dès que nous aurons chargé votre attelage, affirma Iliam Polim.

Il poussa un long sifflement et des hommes, sur le bateau, ôtèrent une partie du bastingage. Ils avancèrent un solide pont de bois jusqu'à lui faire toucher le quai et, avec adresse, Salim y engagea l'attelage.

Une fois sur le navire, il emprunta une rampe qui descendait dans les soutes. Bjorn et Maniel l'aidèrent à attacher le chariot pendant que les autres entravaient les chevaux.

Lorsqu'ils remontèrent, le navire avait quitté le quai. Ses deux énormes roues à aubes s'étaient mises en mouvement, entraînant majestueusement le bateau vers le nord, à contre-courant. Camille essaya de discerner le dessin du navigateur, mais elle n'y parvint pas.

— Trop technique, l'avisa maître Duom. Je n'ai jamais vraiment compris comment ces hommes s'y prenaient. Peut-être est-ce aussi différent de notre Art que les rêves d'Artis. Quoi qu'il en soit, les navigateurs ne sont pas gênés par le verrou ts'lich...

Ils étaient les seuls passagers et l'équipage ne se composait que d'une dizaine d'hommes, chargés de l'entretien, de la cuisine et des éventuelles réparations. Ils avaient donc tout l'espace qu'ils souhaitaient.

Camille et Salim entreprirent de visiter le navire de fond en comble.

Les cales immenses étaient vides, à l'exception de leur chariot et des chevaux. Les quartiers des marins étaient déserts. La cambuse retint un moment leur attention. Le cuisinier, un homme jovial et bavard, leur offrit une bonne part du gâteau qu'il avait préparé pour le repas du soir, puis ils retrouvèrent leurs compagnons en train de prendre possession de leurs cabines.

— Tu t'installes avec moi, petite sœur ? demanda Ellana.

— Ça ne te fait rien qu'on soit trois ? questionna Camille en sortant le chuchoteur de sa poche.

— S'il ne ronfle pas et ne me grignote pas les orteils, je n'y vois pas d'inconvénient.

La progression en bateau était un peu moins rapide que par la route, mais Iliam Polim entraînait les grandes roues presque dix-huit heures par jour. Au final, la différence de distance parcourue n'était pas flagrante.

— Il ne dort jamais ! s'étonna Salim.

— Peut-être il travailler en dormant, proposa Chiam Vite. Avec les humains, il falloir s'attendre à tout !

Le maître navigateur était rarement visible. Il avait besoin de calme et d'isolement pour dessiner, avait-il expliqué lors de l'embarquement.

Edwin reprit l'entraînement de Bjorn et Maniel tandis qu'Ellana et Chiam s'occupaient de Salim. Artis Valpierre et Duom Nil' Erg passaient beaucoup de temps à bavarder et Camille se retrouvait des heures, seule, accoudée au bastingage, à rêver.

Elle tentait d'imaginer le mystérieux Gardien qu'ils devraient affronter. Maître Duom, prétextant que ses recherches n'étaient pas achevées, refusait d'en parler, mais Camille se demandait s'il n'essayait pas de les épargner.

Perdue dans ses pensées, elle faillit ne pas voir l'énorme masse d'un gris luisant qui filait sous l'eau à quelques mètres du bateau. Elle tourna les yeux juste avant qu'elle ne disparaisse et poussa un cri. Un marin, qui se tenait non loin, l'interpella :

— Tu as vu ? Une dame.

— Une dame ? Mais c'était énorme, on aurait dit une baleine !

— Quelle perspicacité ! se moqua le marin. C'était bien une baleine grise, mais nous, on les appelle les dames.

— C'est impossible ! Pas dans un fleuve !

— Ces jeunes des villes, tous les mêmes ! s'exclama l'homme. Vous croyez tout savoir parce que vous allez à l'école, pourtant vous n'y connaissez rien. Les dames vont où elles veulent. Eau douce, eau salée, quelle importance pour elles, ce sont des déesses. Celle que tu as aperçue est très jeune. Adulte, une dame est deux à trois fois plus grosse que ce bateau, peut-être davantage. Pourquoi ne remonterait-elle pas le Pollimage si elle en a envie ?

Camille, éberluée, ne sut que répondre et le marin s'éloigna en secouant la tête.

Elle passa les jours qui suivirent à guetter l'étendue du fleuve dans l'espoir d'apercevoir la masse fuselée d'un cétacé. La vision de la dame avait éveillé en elle un sentiment étrange, mélange d'émerveillement et de frustration. Elle désirait de toute son âme une nouvelle rencontre et jugeait impossible qu'elle n'ait pas lieu. La surface du Pollimage resta toutefois désespérément vide.

3

Les lames d'une marchombre sont comme elle, silen-cieuses, invisibles et mortellement efficaces. Greffées dans son corps, prêtes à jaillir entre ses doigts, prolongement de sa volonté, elles reflètent l'esprit même de la guilde. L'âme des marchombres.

Ellundril Chariakin, chevaucheuse de brume.

C amille fut réveillée un matin par un mouve-ment de roulis inhabituel. Elle se leva à la hâte et rejoignit ses compagnons. Ils avaient atteint le lac Chen durant la nuit et y avaient déjà parcouru une belle distance. Le navire était cerné par une immen-sité bleue que le vent sculptait en vagues arrondies, l'air était chargé d'humidité, le bois clair du pont supérieur marqué par les embruns.

Quand Salim entraîna Camille sur la plate-forme qui s'élevait au sommet du mât de vigie, ils ne dis-tinguèrent aucune terre à l'horizon.

— Pourquoi appellent-ils ça un lac? s'étonna le garçon. Ça m'étonnerait que quelqu'un ait réussi à le traverser à la nage.

— C'est le fait qu'il soit à l'intérieur des terres et l'absence de sel qui lui donnent son nom, se moqua Camille, pas les performances des nageurs.

— Peut-être, répondit Salim sans se démonter, mais il n'empêche que c'est stupide. Si je sale l'eau de ma baignoire, ça n'en fait pas un océan, pourquoi dessaler un océan en ferait-il un lac?

— Salim, tu es un âne!

— Vraiment?

— Non, évidemment. D'ailleurs, il y a de telles vagues et de tels animaux dans ce lac que je ne peux que te donner raison.

Salim n'avait pas souvent le dernier mot avec Camille. Il se préparait à pousser son avantage lorsque Bjorn les rejoignit sur le pont. Il tendit le bras vers le nord-est.

— Al-Chen est là-bas, leur indiqua-t-il. J'y ai passé ma jeunesse. La ferme de mes grands-parents ne se trouve qu'à une dizaine de kilomètres de la côte. C'est un des plus beaux coins que je connaisse.

— Tu crois qu'on s'y arrêtera? l'interrogea Camille.

— Ça m'étonnerait. Le navire semble tirer plein nord. Edwin m'a demandé de venir vous chercher, il va certainement nous exposer ce qu'il a prévu.

Ils suivirent le chevalier vers la cabine où ils se réunissaient et prenaient leurs repas. L'altercation qui avait opposé le maître d'armes à Camille avait modifié le comportement de ce dernier. Il demandait volontiers leur avis à ses compagnons, surtout à Ellana, et expliquait la plupart de ses décisions.

— Nous devons faire un choix dont dépendra la suite de notre voyage, commença-t-il lorsqu'ils furent tous là. Nous allons traverser le lac puis remonter le Pollimage pendant cinq jours. Ensuite, nous rencontrerons des rapides, et le fleuve ne sera plus navigable. Il nous faudra aborder.

— Sur quelle rive? demanda Ellana.

— C'est ce dont je souhaitais vous parler. Nous ne pourrons traverser le Pollimage avant les contreforts de la chaîne du Poll, il n'existe pas de gué et les deux ponts qui le franchissaient ont été détruits par les Raïs. Notre décision est donc importante.

— Il faut aborder du côté où se trouve Al-Poll, ça me semble évident, l'interrompit Camille.

— Ce n'est pas aussi simple. Notre destination se trouve dans les montagnes, là où le Pollimage n'est encore qu'une rivière. De la rive que nous choisirons dépendent les difficultés que nous aurons à affronter, pas la possibilité de rallier Al-Poll.

— C'est-à-dire? demanda Bjorn.

— À l'Ouest, les plateaux d'Astariul, une contrée inhabitée parmi les plus sauvages de l'Empire, grouillante de bêtes féroces et de monstres affamés.

— Et à l'Est? interrogea Salim.

— Une piste assez praticable. Elle traverse une région peu accidentée et rejoint la Citadelle des Frontaliers qui se trouve à quatre ou cinq jours de marche d'Al-Poll.

— Le choix ne me semble pas très difficile!

Edwin continua, comme s'il n'avait pas entendu :

— Les combats contre les Raïs se déroulent dans cette zone. Avant de nous retrouver en sécurité dans la Citadelle, il nous faudra franchir les rangs d'au moins cinquante mille guerriers cochons.

— Ça faire beaucoup, admit Chiam Vite, même pour un Faël.

Ellana leva les yeux au ciel.

— La modestie ne t'étouffe pas, railla-t-elle.

— Je juste avoir conscience de ma valeur, sourit Chiam, rien de plus. Et tu ne pas être non plus un modèle d'humilité…

— Un à zéro pour les Faëls, jugea maître Duom dans l'hilarité générale.

Lorsque les rires se furent éteints, Edwin reprit la parole.

— L'Ouest! décida-t-il. Nous passerons par l'Ouest, même si j'aurais donné cher pour gagner la Citadelle.

— Pourquoi donc? s'étonna Bjorn.

— Parce qu'avec dix Frontaliers pour nous épauler, rallier Al-Poll devenait une promenade de santé ou presque.

— Mais…

— Mais les Raïs sont entre nous et la Citadelle! Nous affronterons donc les plateaux d'Astariul.

La décision était prise et, comme chacun avait entièrement confiance en Edwin, nul ne la contesta.

— Les Frontaliers sont à ce point redoutables? demanda alors Salim.

— Les guerriers cochons sont des milliers. Ils sont dangereux, méchants, et trop bêtes pour connaître la peur. Ils ne savent que tuer et mourir. Pourtant, ils n'ont pas tenté de prendre la Citadelle. Ils ont continué à avancer en l'évitant, attendant que l'Empire soit tombé pour l'attaquer en force.

— Qu'est-ce qui empêche les dessinateurs ts'liches de raser la Citadelle? insista le garçon.

Edwin sourit et se leva. Il posa la main sur l'épaule de Salim.

— Merwyn était un Frontalier, bonhomme, ça explique tout.

Ça n'expliquait rien pour Salim, qui n'osa pourtant pas se montrer plus curieux.

Edwin conclut :

— Il nous faudra trois jours pour traverser le lac Chen. Dans un peu plus d'une semaine, nous débarquerons. Nous en aurons fini avec la partie tranquille du voyage.

Une nuit, peu de temps avant qu'ils ne retrouvent le Pollimage, Camille fut tirée de son sommeil par l'agitation du chuchoteur. Elle ouvrit les yeux dans l'obscurité. Les grandes roues à aubes ne tournaient pas. La *Perle de Chen* était immobile. Le maître navigateur prenait ses rares heures de repos quotidien et elle ne s'inquiéta pas. Le comportement de la bestiole, en revanche, la surprit. Elle allait et venait sur sa couverture en couinant et en remuant la tête.

— Qu'est-ce que tu as ? murmura Camille en tendant la main.

Le chuchoteur sauta sur le plancher et se dirigea vers la porte de la cabine. Il était rare qu'il utilise ses pattes pour se déplacer et la curiosité de Camille en fut attisée. Elle posa les pieds au sol en frissonnant. Depuis deux jours, il faisait froid. Edwin les avait prévenus que le climat au nord serait bien plus rude qu'à Al-Jeit et elle s'enveloppa dans son poncho.

— C'est bon, chuchota-t-elle pour ne pas réveiller Ellana, j'arrive.

Quand elle ouvrit la porte, le chuchoteur s'engouffra dans le couloir. Il avait beau courir vite, il était si petit qu'elle n'avait aucun mal à le suivre.

— Attends, proposa-t-elle, je vais te porter.

Comme s'il avait compris, il s'arrêta. Camille le prit dans sa main.

— Tu veux qu'on monte sur le pont ? suggéra-t-elle.

Devinant que le couinement du chuchoteur était une réponse positive, elle sortit à l'air libre. Des millions d'étoiles et la lune presque pleine nimbaient le bateau d'une pâle lueur fantomatique. L'air était frais. De nouveau, Camille frissonna.

Un léger clapotis attira son attention et elle s'approcha du bastingage. La surface du lac ruisselait d'argent, des milliers de vaguelettes renvoyant au ciel nocturne la lumière des astres. Camille ouvrit de grands yeux.

La Dame était là, à quelques mètres du navire.

Son dos luisant était de la couleur des flots et sa taille rendait insignifiants tous les êtres vivants. Elle était dix fois plus grosse que celle que Camille avait entrevue et aussi immuable qu'une montagne. Elle ne bougeait pas et sa tête à moitié enfoncée dans l'eau dépassait le pont du bateau.

Un œil, plus haut qu'un homme, s'ouvrit et Camille vit qu'il était pareil à l'océan, profond, sage et incompréhensible. Un iris, immense et mordoré, se braqua sur elle. Camille y plongea son âme.

Longtemps, la Dame et l'adolescente se regardèrent.

Un courant fondamental circula entre elles, jouant sur des sens disparus depuis des millénaires, porteur d'une parfaite et muette compréhension puis, au bout d'une éternité, la baleine se laissa lentement couler.

Juste avant de se fondre dans les profondeurs, elle bascula, avec une grâce surnaturelle. Sa nageoire caudale, ruisselante, se dressa silencieusement vers le ciel et battit l'air comme pour sceller définitivement un accord que Camille ignorait avoir passé, mais qui était gravé au plus profond de son âme.

Puis, sans le moindre remous, la Dame disparut.

4

J'ai vu, de mes yeux, une Faëlle se faire attaquer par trois soudards ivres. Lorsqu'ils sont arrivés en courant, elle était assise, son arc posé près d'elle, son carquois dans le dos. Ils étaient à quatre mètres d'elle quand elle les a aperçus. Ils ont tous les trois reçu une flèche entre les deux yeux.

Seigneur Saï Hil' Muran, *Journal de bord.*

La portion du Pollimage sur laquelle ils s'engagèrent après avoir traversé le lac Chen n'était pas aussi large que sa partie méridionale, mais le fleuve compensait sa moindre taille par la violence accrue de ses eaux. L'effort nécessaire à la progression du bateau devint vite pénible et le maître navigateur se ménagea des pauses plus fréquentes que personne ne songea à lui reprocher.

Camille avait cessé de guetter les profondeurs. Sa rencontre avec la Dame l'avait apaisée sans qu'elle sache vraiment pourquoi, et elle s'occupa à observer les rives, notant avec curiosité les transformations du paysage.

Le pays devenait sauvage, il se passait parfois de longues heures avant qu'elle n'aperçoive un signe d'activité humaine. Les voiliers étaient moins nombreux et ils ne croisèrent qu'un seul navire à aubes.

Ils avaient quitté le lac depuis cinq jours lorsque la *Perle de Chen* abandonna le milieu du fleuve pour se rapprocher de la rive ouest. Une petite ville, Arfagh, se dressait là, blottie autour de son port.

— Bon courage !

Ce furent les derniers mots prononcés par Iliam Polim avant qu'il ne regagne son navire.

Dès qu'il avait appris que leur destination n'était pas Al-Chen, le maître navigateur n'avait plus paru croire à la profession qu'était censé exercer Duom Nil' Erg ni aux rôles que les uns et les autres avaient endossés. Cela n'avait pourtant rien changé à sa courtoisie distante et, après plus de dix jours passés avec lui, Camille prit conscience que le marin en savait certainement plus sur eux qu'ils ne le pensaient.

Le chariot débarqué, ils s'empressèrent de revêtir les vêtements chauds qu'ils avaient emportés. Camille s'enveloppa dans une longue cape de laine avec une épaisse capuche, bordée de fourrure, qu'elle rabattit sur ses cheveux. Un vent pointu sifflait sur les collines qui bordaient le fleuve et s'engouffrait dans les ruelles du port où la *Perle de Chen* était amarrée.

Les chevaux, eux, ne paraissaient pas sentir le froid. Après des jours d'immobilité forcée, ils piaffaient d'impatience de se remettre en route. Camille flatta l'encolure d'Aquarelle.

— On y va, ma jolie, murmura-t-elle à son oreille.

Salim, en conducteur aguerri qu'il voulait paraître, vérifia avec attention l'attelage et les fers de Cocotte et Bourrichon.

— C'est bon ! affirma-t-il à Chiam qui se retint de sourire.

Edwin et Maniel revinrent avec les provisions achetées à Arfagh et les chargèrent dans le chariot.

— Avez-vous pensé à la graisse ? s'inquiéta Artis Valpierre.

— Oui, le rassura Edwin en lui montrant un gros pot de terre. Nous ne mourrons pas couverts de gerçures.

Le rêveur sourit. Il s'était peu à peu lié au groupe et, s'il évitait encore de coudoyer Ellana, il se comportait désormais en compagnon ouvert et agréable.

Il ne leur fallut que quelques minutes pour sortir de l'agglomération, et ils se retrouvèrent au milieu de collines couvertes d'une maigre végétation.

La seule piste partait vers l'Ouest en direction d'une cité lointaine, Al-Far, et de rares chemins desservaient les fermes alentour.

Edwin lança sa troupe droit au Nord en suivant le cours du Pollimage. Ils tinrent cette direction jusqu'en début d'après-midi puis le relief s'accentua. À leur droite, les eaux du fleuve étaient devenues des rapides et se fracassaient sur les rochers en jaillissements sauvages.

— Je comprends pourquoi nous n'avons pas continué avec le bateau ! s'exclama Salim.

— Ça risque d'être difficile par ici aussi, répliqua Maniel en désignant les collines qui, devant eux, perdaient leurs courbes douces pour se durcir et s'élever.

Edwin ne semblait pas s'inquiéter. Il connaissait la région, l'absence de piste ne le gênait pas. Il guida ses compagnons sans manifester la moindre hésitation. Lorsque la lumière du jour commença à faiblir, il dénicha comme par miracle une combe abritée du vent.

— Nous camperons là, annonça-t-il.

Chacun savait avec précision ce qu'il avait à faire et les tentes basses, qui servaient pour la première fois, furent rapidement montées en cercle.

— Les nuits sont glaciales dans cette région, expliqua Edwin. Le vent ne cesse presque jamais. Il descend droit de la chaîne du Poll, et les plateaux d'Astariul ne sont pas assez élevés pour l'arrêter. Il n'est pas rare de trouver du givre le matin, même en plein été.

Les chevaux avaient été entravés un peu à l'écart et Camille se dirigea vers Aquarelle pour la panser. Edwin la suivit.

— Si tu veux, proposa-t-il, je vais te montrer un chardon qui pousse par ici. C'est l'allié idéal de celui qui désire étriller sa monture.

— Un chardon?

— Oui. Même le cavalier le plus consciencieux ne dispose pas toujours d'une brosse métallique.

Tout en devisant, ils s'éloignèrent du camp. Camille ne put s'empêcher de se demander si son père ressemblait à Edwin. Imaginer le maître d'armes buriné la berçant dans ses bras en s'extasiant devant ses babillements était difficile, mais elle se souvint de la larme qui avait coulé sur sa joue lorsqu'il avait entendu sa mère et elle se ravisa. Elle se découvrit tout à coup très proche de lui. Impulsivement, elle lui saisit le bras.

— Edwin… commença-t-elle.

Le tigre attaqua à cet instant.

Haut de plus d'un mètre et long de trois, il bondit du rocher où il était tapi. Sa gueule énorme était garnie de crocs de dix centimètres et chacune de ses pattes se terminait par des griffes aussi affûtées que des rasoirs. Une parfaite machine à tuer.

En une fraction de seconde, Edwin comprit que la main de Camille sur son bras le gênait, qu'il ne tirerait pas son sabre à temps. Il plongea sur le côté en l'entraînant, tandis qu'une griffe du tigre fendait son manteau de cuir sur toute sa longueur. L'animal, furieux d'avoir raté son attaque, bondit à nouveau.

Camille ne possédait pas la rapidité du maître d'armes. Ni son habitude du combat. Lorsqu'ils roulèrent au sol, elle poussa un cri et se cramponna à lui. Ce geste irréfléchi fit perdre à Edwin la seconde qu'il lui aurait fallu pour saisir son arme. Il n'eut que le temps de la repousser et de mettre un genou à terre. Le tigre était sur lui.

La masse de l'animal l'écrasa. Une patte énorme s'abattit sur son cou, puis tout se figea…

Le hurlement de Camille se bloqua dans sa gorge, ses muscles se nouèrent, comme isolés de sa volonté. Le tigre ne bougeait plus, pétrifié dans son assaut mortel. Sa gueule s'ouvrait à quelques centimètres de la gorge d'Edwin, ses yeux étincelaient de fureur, un grognement sauvage montait de son poitrail. En vain. Son incroyable puissance était paralysée.

Coincé sous l'animal, Edwin remua légèrement, avec d'immenses difficultés que la masse du tigre n'expliquait pas à elle seule.

Puis Ellana fut là.

La marchombre glissait sur le sol. Ses mouvements n'étaient qu'harmonie ; un son étrange, mi-chant, mi-sifflement, sortait de ses lèvres. Camille se rappela la scène durant laquelle la jeune femme avait pétrifié l'assistance pour s'en prendre à Artis Valpierre. Son talent pouvait-il aller jusqu'à immobiliser un monstre d'une demi-tonne ?

Quand Ellana posa la main sur sa tête, le félin géant s'ébroua doucement. Un long frémissement parcourut son échine. S'il retrouvait sa mobilité, c'était pour obéir aux ordres que lui chantait la marchombre. Il retira sa patte du cou d'Edwin et fit deux pas en arrière, les doigts d'Ellana plantés dans la fourrure de son crâne.

Comme si elle tenait une laisse invisible, la jeune femme le guida une dizaine de mètres plus loin. Elle s'accroupit alors près de lui et lui parla à l'oreille, comme elle avait parlé au rêveur. Le tigre secoua sa grosse tête et grogna.

Sans se démonter, Ellana l'empoigna plus fort, continuant à déverser sa volonté sous la forme d'un murmure. Quand elle se redressa, le félin s'éloigna à pas mesurés, sans un regard en arrière.

Les liens invisibles qui pétrifiaient Camille disparurent et elle se releva.

Edwin était déjà debout. Il passa la main sur son cou d'où coulait un peu de sang et attendit Ellana qui revenait vers eux.

— Plus que deux ! dit la jeune femme en souriant. Ce tigre était inespéré. Je commençais à croire que tu ne serais jamais en danger.

Le maître d'armes prit une profonde inspiration, faillit parler puis se ravisa.

— J'ai eu très peur, reprit Ellana d'une voix si basse que Camille eut du mal à l'entendre.

Elle posa la main sur l'épaule d'Edwin qui tendit le bras vers elle.

Nul ne sait ce qui se serait passé alors, s'ils n'avaient pris conscience de la présence de Camille. Celle-ci se sentit rougir.

— Ne vous occupez pas de moi, s'excusa-t-elle. Je vais aider les autres à préparer le repas.

Ellana éclata de rire.

— Nous y allons tous, petite sœur. Je meurs de faim !

Puis elle recouvra son sérieux.

— Un secret ne vaut que s'il est gardé... D'accord ?

Maîtriser par son chant l'un des plus dangereux prédateurs alaviriens représentait un pouvoir énorme. Ellana tenait à ce qu'il reste confidentiel.

— J'ai déjà oublié ! promit Camille.

Ils ne s'étaient absentés que peu de temps. Edwin avait remonté le col de son manteau et, lorsqu'ils s'assirent autour du feu, Camille fut la seule à remarquer le regard pensif qu'il posait sur Ellana.

Le vent glacial écourta la soirée. La nuit venue, chacun fut heureux de s'abriter dans sa tente et Maniel, désigné pour prendre le premier tour de garde, contempla avec envie ses amis refermer la toile derrière eux.

Camille s'enveloppa dans sa couverture en grelottant. Elle scruta Ellana allongée près d'elle.

— Dis, commença-t-elle, tout à l'heure...

La jeune femme posa un doigt sur ses lèvres.

— Chut... murmura-t-elle. N'oublie pas, tu as déjà oublié !

Camille sourit. Elle se réchauffait peu à peu et se sentait bien.

— Merci, souffla-t-elle.

Elle ne s'endormit pas immédiatement. Bercée par le souffle régulier de sa compagne, elle laissa son esprit vagabonder au gré de ses souvenirs et de ses désirs.

L'image de son frère resté à Paris s'imposa d'abord à elle. Elle regrettait de n'avoir pas eu le temps de mieux le connaître. Que faisait-il en ce moment précis ? Avait-il réussi cet examen qui lui importait tant et qu'elle trouvait si insignifiant ?

Sa pensée dérivant ensuite vers sa famille d'adoption, elle frémit rétrospectivement à l'idée des années qu'elle avait failli passer avec eux, refusant d'envisager un éventuel retour.

Puis ce furent ses parents. Ils étaient vivants, captifs quelque part. Une fois qu'elle aurait libéré les Figés, elle n'aurait de cesse de les retrouver. Personne ne se mettrait en travers de sa route...

C'est sur cette pensée réconfortante qu'elle ferma les yeux.

5

Le verrou ts'lich ? Imaginez un chemin qui part de chez vous et se subdivise bientôt en une multitude d'autres chemins qui peuvent vous conduire à peu près n'importe où. Vous avez là une bonne image des Spires. Placez maintenant une barrière infranchissable à quelques mètres de votre seuil et vous avez le verrou. Vous aviez l'habitude de voyager jusqu'à d'étranges contrées ? Vous voilà désormais confiné dans la cour de votre maison !

Elis Mil' Truif, maître dessinateur
à l'Académie d'Al-Jeit.

Malgré l'absence de piste, la progression était aisée. Le chariot roulait facilement sur l'herbe rase, la visibilité était excellente et les chevaux au meilleur de leur forme. La compagnie avait atteint cet équilibre qui caractérise les groupes soudés où chacun a sa place. Camille et Salim découvraient le bonheur rassurant d'être entourés d'amis.

Edwin organisa une garde rapprochée.

— Un éclaireur n'est pas utile pour prévenir l'attaque d'une bête sauvage, expliqua-t-il, et je ne vois pas ce que des pillards feraient dans cette désolation…

Il désigna du doigt les forêts de feuillus qui se teintaient d'or et de rouge.

— Désolation est sans doute excessif, ajouta-t-il, des Alaviriens vivent dans ces collines. La terre est fertile, il y a suffisamment de bois pour se chauffer l'hiver et un chasseur adroit trouvera toujours de quoi manger, si ce n'est pas lui qui se fait dévorer. Il faut, en revanche, apprécier la solitude…

Le troisième soir après leur débarquement, il repéra des traces de chevaux et guida ses compagnons jusqu'à une combe où se dressait une ferme basse, solidement fortifiée. Ils furent accueillis avec chaleur par la maîtresse cultivatrice, sa famille et ses paysans. Il était rare que des voyageurs passent par là et l'événement prit vite des allures de fête. Avec la discrétion qui caractérise les gens ayant choisi la solitude, leurs hôtes s'abstinrent de poser des questions et Edwin laissa simplement entendre qu'ils cherchaient à gagner la Citadelle en évitant la zone des combats.

« Vous n'avez pas choisi la route la plus directe » fut la seule remarque que s'autorisa Milia Jundo, une femme menue à la personnalité rayonnante qui dirigeait son exploitation d'une main de fer.

Le repas fut copieux, émaillé d'éclats de rire que l'alcool, qui coulait en abondance, favorisait et entretenait. Chiam Vite régala la tablée de savoureuses histoires, s'amusant à tourner en dérision la prétention de certains comportements alaviriens. Edwin était détendu. Des murs solides les isolaient des dangers extérieurs et cette soirée constituait un intermède précieux dont il fallait profiter.

Ils passèrent la nuit sur un épais tapis de paille sèche étalé dans un coin de l'écurie et dormirent à poings fermés. Au matin, Milia Jundo insista pour leur fournir des vivres. Elle refusa d'être payée.

— Nous avons des provisions pour tout l'hiver et au-delà, affirma-t-elle en les accompagnant jusqu'au mur d'enceinte. Gardez votre argent, je n'en ai pas besoin. Surtout soyez prudents, nous n'avons pas vu de brûleurs depuis des mois et les goules ne quittent jamais Astariul, mais il y a des ours élastiques dans la région et vous pouvez aussi rencontrer un tigre…

Ils la remercièrent et Edwin donna le signal du départ.

Malgré les avertissements de Milia Jundo, ils n'aperçurent aucun prédateur les jours suivants. Ils virent toutefois de nombreuses traces, certaines d'animaux connus, d'autres plus étranges. Ces empreintes-là tiraient une grimace à Edwin, mais pas une fois il ne les commenta.

Le froid, de plus en plus vif, était leur seul ennemi et Camille se félicitait qu'ils ne soient qu'au tout début de l'automne. Traverser cette région en hiver devait être un cauchemar.

Le matin du cinquième jour, maître Duom surprit ses compagnons en rejetant d'un geste brusque le livre qu'il consultait.

— C'est incompréhensible ! jura-t-il. Si le quart de la moitié de ce que raconte ce bouquin est à peu près exact, l'entité qui garde les Figés est grosse comme une montagne, tout en étant légère comme un oiseau. Elle est d'eau, vit de feu, habite l'air et parle à la terre. Je suis incapable de découvrir la moindre logique là-dedans, je crains qu'il nous faille improviser lorsque nous rencontrerons le Gardien !

— Peu importe, le rassura Camille. Si ce que vous avez lu est faux, tant mieux. Si c'est vrai, nous aurons la chance de rencontrer un pareil phénomène.

— C'est toi le phénomène, ma vieille, assura Salim. Je ne vois personne d'autre capable de se réjouir à l'idée de faire la connaissance d'un monstre!

— Faux! se moqua Bjorn. J'adore les monstres. La preuve, je voyage avec toi!

— Très drôle, ricana Salim. Tu fais le malin, mais j'ai montré mon efficacité, moi!

Il avait insisté sur le « moi » et Bjorn éclata de rire.

— Si tu étais aussi efficace que bavard, ripostat-il, le Gardien n'aurait qu'à bien se tenir. Malheureusement, chez toi, seule la langue fonctionne correctement.

— Ma parole, jura Salim, cette phrase est vraiment de toi? Elle est presque spirituelle…

— Venez voir! lança Edwin au moment où Bjorn s'apprêtait à répliquer.

Tous le suivirent jusqu'au sommet d'un promontoire qui surplombait le fleuve. L'armée impériale était là, à moins d'un kilomètre, sur l'autre rive du Pollimage. Des milliers de soldats, certains à cheval, la plupart à pied, en position de bataille. Des catapultes géantes s'élevaient un peu partout dans la plaine et des estafettes faisaient la navette entre les différents bataillons. Malgré l'écran sonore que constituait le fleuve, le brouhaha des hommes se préparant au combat arrivait jusqu'à eux.

— Qu'attendent-ils? s'enquit Artis Valpierre.

— Les Raïs, répondit simplement Chiam.

Le Faël avait prononcé le nom de l'ennemi héréditaire avec tant de haine que Camille sursauta.

— Je crois que nous avons bien fait de choisir Astariul, commenta Edwin. Les Raïs sont descendus plus au sud que je ne l'avais estimé. Si l'armée campe sur sa position, c'est qu'ils sont au moins soixante mille. Nous aurions eu du mal à nous glisser entre les mailles d'un pareil filet. Ne restons pas là. Il est temps d'obliquer vers l'ouest, pour nous enfoncer au cœur des plateaux. C'est la seule route possible et il faut que, ce soir, nous soyons à l'abri.

Personne n'eut le courage de lui demander de préciser les dangers qui rôdaient la nuit et, une fois en selle, ils s'éloignèrent définitivement du Pollimage pour pénétrer dans Astariul.

Très vite, le relief s'accentua, la rocaille remplaça l'herbe, les arbres devinrent des arbustes rabougris. Mener le chariot dans ces collines s'avéra difficile. À plusieurs reprises, Salim dut rebrousser chemin pour trouver un passage praticable, perdant ainsi un temps précieux. Edwin intervint lorsque Maniel proposa de prendre les rênes.

— Salim s'en tire très bien et si nous sommes attaqués, tu seras plus utile sur ton cheval.

Le colosse n'insista pas et Salim rougit du compliment. Camille chevauchait à côté d'Ellana.

— Je sais que j'ai tout oublié, commença-t-elle, mais une chose me tracasse.

— Dis toujours…

— Ta capacité à paralyser les gens, ou les tigres, me fait penser au pouvoir qu'a utilisé le mercenaire, le soir où nous t'avons rencontrée. Le soir où Hans est mort…

— Les mercenaires sont des vautours qui pillent les dons des uns et des autres pour faire le mal, opina Ellana. Celui dont tu parles a utilisé le chant marchombre pour vous figer, toi et tes amis. Il croyait ainsi t'assassiner sans peine.

— Mais tu es intervenue!

— Oui. Il ne savait pas que je serais là et nos propres techniques n'ont aucun effet sur nous.

— Edwin a réussi à bouger. Quand tu as arrêté le tigre, et aussi quand tu t'es mise en colère contre Artis.

À ce souvenir, la jeune femme sourit.

— Il n'est pas méchant, en fait, ce rêveur. Pas trop dégourdi, voilà tout.

— Mais Edwin?

Une flamme étincela dans les yeux d'Ellana.

— C'est autre chose. Edwin est quelqu'un de vraiment remarquable. J'avais déjà entendu parler de lui, mais je m'aperçois, depuis que je le connais, que ce que l'on raconte se situe bien en dessous de la vérité.

Les joues de la jeune femme avaient pris une jolie couleur rouge et elle regardait dans le vague. Elle s'aperçut toutefois que Camille la dévisageait et éclata de rire.

— Tu sais quoi, sœurette?

— Non?

— Ton Salim n'est pas mal non plus!

Camille s'empourpra soudain. Elle jeta des yeux inquiets autour d'elle pour voir si personne n'écoutait avant de se tourner vers Ellana.

— Pourquoi… attaqua-t-elle.

Puis elle perçut la complicité que lui offrait Ellana et son cœur bondit de joie.

— Évidemment… commença la jeune marchombre.

— … j'ai déjà oublié! conclut Camille en joignant son rire au sien.

6

Souffle d'une lame dans la nuit
Danger qui rôde
Comme une onde de plaisir

Ellundril Chariakin,
chevaucheuse de brume.

A lors que le soir approchait, lugubre, Edwin les fit tout à coup obliquer vers l'Est. Son visage s'était éclairé.

— Je n'étais pas certain de retrouver l'endroit, expliqua-t-il, mais nous avons de la chance. Nous dormirons en sécurité cette nuit.

Ils n'eurent pas le temps de s'interroger sur le sens de cette déclaration. Alors que le soleil disparaissait derrière un pic rocheux, ils découvrirent une bâtisse abandonnée, construite avec d'énormes blocs de pierre montés à sec. Le toit était constitué d'impressionnantes dalles de schiste noir, et les fenêtres n'étaient que de simples meurtrières. Seule la porte était faite d'épais madriers décolorés par les intempéries et renforcés par des ferrures énormes.

— Voilà, à ma connaissance, le seul endroit où des pionniers ont essayé de s'installer en Astariul, indiqua Edwin. Ils ont renoncé ou alors ils sont morts, c'est de l'histoire ancienne, mais leur maison a résisté. Elle nous offre un havre opportun. Les voyageurs évitent de dormir à la belle étoile sur ces plateaux. Évitent même de s'y engager, s'ils sont prudents…

— Et les chevaux ? s'enquit Maniel.

— Nous les mettrons à l'intérieur avec nous. Je doute que les propriétaires viennent se plaindre…

Alors qu'un feu s'élevait dans la cheminée, réchauffant peu à peu l'air glacial, ils prirent leur repas, emmitouflés dans leurs ponchos, assis sur leurs sacs. Edwin avait insisté pour qu'ils déchargent la totalité du chariot. « Ces murs sont solides, avait-il commenté. Il est toutefois inutile d'attirer l'attention des créatures nocturnes qui vivent en Astariul… »

La porte n'avait pas de serrure mais une barre métallique, à l'intérieur, en condamnait l'ouverture. Le maître d'armes l'avait mise en place avec une moue satisfaite.

La bâtisse ne comprenait qu'une seule et vaste pièce et comme il n'y avait plus trace d'un quelconque mobilier, ils s'allongèrent aussi près qu'ils l'osèrent des flammes tandis que, non loin d'eux, les chevaux se tenaient serrés les uns contre les autres pour partager leur chaleur.

Bien plus tard, un hurlement réveilla Camille en sursaut. Il lui fallut quelques secondes pour retrouver ses esprits. Le hurlement retentit à nouveau, lancinant, inhumain, allant crescendo jusqu'à atteindre un aigu insupportable avant de s'éteindre dans un gargouillis.

Près d'elle, ses compagnons se redressèrent. Bjorn saisit sa hache.

— Il n'y a pas de danger.

La voix était celle d'Edwin. Il se tenait debout dans l'obscurité, près d'une meurtrière, scrutant la nuit.

— C'est un brûleur, continua-t-il. Il se trouve à des kilomètres. Vous pouvez vous rendormir.

Ils repartirent alors que le jour pointait à peine. Edwin, tendu comme un arc, chevauchait, la main sur la poignée de son sabre. Son inquiétude avait gagné le reste du groupe et les heures s'écoulèrent dans un silence presque total.

Le chariot avait imposé de multiples détours qui leur avaient fait perdre beaucoup de temps. En fin d'après-midi, Edwin annonça qu'à son grand regret ils passeraient encore deux nuits en Astariul.

Salim considéra le paysage morne et sauvage qui les entourait : des collines, des affleurements de pierrailles, des herbes hautes couchées par le vent, quelques maigres buissons de genêts aux fleurs fanées et de rares arbres rabougris à l'aspect torturé.

— C'est pas joli, joli, commenta-t-il, mais à part mourir d'ennui ou peut-être de froid, je ne vois pas ce que nous risquons.

— Nous planterons nos tentes contre ces rochers, déclara Edwin. Il nous faudra entretenir le feu toute la nuit et les arbres ne sont pas légion ici. Je veux un tas de branches, de racines, rapportez tout ce qui peut brûler. Mais auparavant, vous allez m'écouter attentivement. Les plateaux d'Astariul sont inhabités, et ce n'est pas sans raison. Les fauves qui y vivent rendent difficile l'implantation des humains. Je n'ai toutefois pas vu de traces de prédateurs depuis plusieurs heures et ce signe doit nous alarmer. Le brûleur que nous avons entendu la nuit dernière rôde peut-être dans les environs, ou alors…

— Ou alors? le pressa Bjorn.

— Quelque chose de plus redoutable! Il se peut que cette nuit nous soyons attaqués par une goule.

— La bestiole encore plus terrible qu'un ogre? ne put s'empêcher de demander Salim.

— Exact, acquiesça gravement Edwin. C'est une créature nocturne de la taille d'un homme qui se déplace sur deux pattes et, à ma connaissance, n'utilise pas d'armes.

— Mais alors…

— Tais-toi cinq minutes, se fâcha Edwin, si tu ne veux pas que je t'assomme. Les goules sont très rares et chassent toujours seules. Elles hantent Astariul depuis des siècles. Par malheur, une goule est indestructible ou presque. Elle ne craint rien, l'acier la traverse comme si elle était immatérielle et l'Art des dessinateurs est sans effet sur elle. Son étreinte dégage un froid mortel et ses morsures du venin. En cas d'attaque, nous ne pourrons compter que sur le feu, seules les flammes la font fuir. Des questions?

Camille frissonna et Bjorn hasarda une objection.

— Les Raïs auraient peut-être été préférables…

— Trop tard! Une autre remarque?

Le maître d'armes avait employé un ton volontairement agressif pour couper court à d'inutiles protestations. Il ne tarda d'ailleurs pas à conclure:

— Au travail!

Chacun se hâta de ramasser du combustible et, quand la nuit fut là, un réconfortant tas de bois s'élevait au centre du camp.

Edwin attendit le dernier moment pour dessiner sa flamme. Lorsqu'il se décida, Camille fut tentée de le rejoindre dans les Spires, mais elle se contint. Après leur départ d'Al-Jeit, maître Duom lui avait formellement interdit d'utiliser son don. Elle se fiait trop à son jugement pour ne pas lui obéir.

Ellana prit le premier tour de garde et Camille, seule dans sa tente, se surprit à guetter les bruits extérieurs. Elle dut pourtant s'endormir puisque la jeune marchombre la réveilla en se glissant à ses côtés.

— Dors, sœurette, murmura-t-elle, je suis là.

À l'heure où les étoiles ne brillent plus mais où le ciel préfère encore le gris au bleu, Bjorn marchait à grands pas en se frottant le torse et en maudissant le froid qui transperçait ses vêtements. Il prit soudain conscience que les flammes étaient basses. Trompé par la lueur du jour qui pointait, il n'avait pas remarqué que le feu était près de s'éteindre. En poussant un juron, il saisit une poignée de branchettes qu'il s'apprêtait à jeter sur les braises quand un feulement sauvage le fit se retourner.

La goule était sur lui.

De prime abord, il crut que c'était une vieille femme vêtue de haillons, aux cheveux sales et hirsutes. Puis il remarqua les crocs, le regard jaune, les longues griffes qui prolongeaient les doigts décharnés. Il bondit en arrière en lâchant son fardeau et sa main se referma sur le manche de sa hache.

La goule le suivit d'une démarche fluide.

Bjorn leva son arme et, avec un grognement sourd, en projeta le fer de toutes ses forces. Se serait-il souvenu des paroles d'Edwin qu'il aurait quand même frappé. Mais il ne se les rappelait pas et l'effet de son coup le prit totalement au dépourvu.

Le tranchant de la hache de guerre passa au travers de la goule comme si elle n'avait été qu'une illusion. Bjorn, qui s'était préparé à l'impact, fut emporté par son élan, pivota et se retrouva dos au monstre.

La goule le ceintura de ses bras maigres et le chevalier poussa un hurlement. Un froid insupportable se dégageait de cette étreinte et se répandait dans son corps comme un poison mortel.

La créature était dotée d'une force sans commune mesure avec son apparence. Bjorn défaillait lorsqu'il vit Edwin se précipiter vers lui. Le maître d'armes n'avait pas tiré son sabre. Il jeta tout son poids entre la goule et sa proie.

Le chevalier sentit le froid refluer et il s'effondra. Edwin avait roulé sur le côté pour éviter un assaut du monstre.

— Le feu ! hurla-t-il. Le feu !

À son tour, Maniel entra dans le combat. Lui non plus n'avait pas saisi son arme. Il porta un coup de poing à la goule qui l'évita sans peine. Elle attrapa le colosse au niveau des hanches et, sans montrer le moindre effort, le souleva au-dessus de sa tête. Elle le fit tournoyer une seconde et le lâcha. Maniel s'écrasa dix mètres plus loin, inconscient.

Ellana et Salim étaient sortis de leurs tentes et essayaient désespérément de raviver le feu tandis qu'Edwin tentait de distraire l'attention du monstre. Mais la goule était beaucoup trop rapide. Un premier coup au creux de l'estomac plia le maître d'armes en deux, un autre le projeta en arrière.

Camille, qui assistait à la scène, les yeux écarquillés par la terreur, vit la créature se tourner dans sa direction. En deux enjambées, elle fut sur elle. Maître Duom voulut s'interposer ; un simple revers l'expédia au sol. Les bras de la goule se refermèrent sur Camille qui poussa un cri de détresse. Un froid terrible la saisissait, figeant ses membres et menaçant de faire exploser son cœur.

Ellana bondit à son secours. La lame qui avait été dessinée éternelle brilla dans la lumière de l'aube, mais traversa le corps du monstre sans lui causer le moindre dommage. Du plat de la main, la goule frappa la marchombre qui s'effondra.

Camille crut apercevoir Chiam Vite briser fiévreusement ses flèches, mais ce devait être une hallucination. Salim se précipita vers elle en hurlant son prénom.

Son corps se transformait en glace, sa peau se plissait, ses yeux se fermaient, pourtant une petite boule de vie continuait à irradier de la chaleur à la hauteur de son cœur. Camille comprit dans le brouillard qui l'envahissait que le chuchoteur se battait pour elle.

Puis il y eut le cri de Chiam Vite.

— Ne plus bouger, Salim !

Et ses flèches, décochées à une telle allure que ses gestes étaient flous. Chacune des longues tiges de bois, privées de leurs pointes d'acier, se ficha dans le corps de la goule avec un bruit sourd.

La créature se tendit comme pour refuser l'inévitable. Son étreinte se relâcha. Elle tituba un instant, image d'une vieille femme au corps hérissé de flèches, puis s'écroula et ne bougea plus.

Camille avait si froid qu'elle aurait hurlé si elle en avait encore été capable. Ses muscles tétanisés la maintenaient debout, tandis que son cœur martelait sa poitrine de grands coups douloureux.

Elle ne sentit pas des bras la saisir, l'envelopper dans des couvertures, la frotter, la masser. Elle ne perçut pas les voix qui l'encourageaient, la suppliaient, non plus qu'elle vit Artis ouvrir des bras impuissants.

Il faisait froid.

Vraiment trop froid.

Le chuchoteur, dans sa poche, émit un cri strident.

Camille laissa échapper un dernier soupir.

7

La mort n'est qu'un passage.
Merwyn Ril' Avalon.

La sensation de froid a disparu.

Je flotte, en apesanteur dans un océan d'étoiles. Je suis infinie et je suis minuscule, je ne suis rien et je suis tout. Suis-je encore Ewilan?

Aucun point de repère, pas de limites, pas d'horizon.

Je n'ai aucune sensation, à peine un léger picotement contre mon cœur, là où une forme chaude était autrefois blottie.

Des galaxies s'ouvrent devant moi, l'univers entier se dévoile et, à chaque nouvel astre qui apparaît, je m'allège d'un souvenir.

Je ne suis plus que moi. Libérée des autres, libérée du monde, libérée de tout, je deviens pensée et les étoiles me tendent les bras…

Soudain, elle est là.

Immense, puissante, sage.

Là où je flotte, elle nage. Là où je me perds, elle est chez elle.

La Dame.

Son œil mordoré s'ouvre pour moi, elle me parle.

— *Les baleines vont où elles veulent, dans l'océan ou dans les étoiles, mais toi, ta place n'est pas ici, ton destin est ailleurs. J'ai besoin de toi, de ton aide. Va. Retourne tenir ta promesse.*

Les étoiles pâlissent, les galaxies s'estompent, je me rappelle…

J'ai de nouveau froid, mais de mon cœur une onde de chaleur parcourt mon corps, lutte pour moi.

J'ai mal, je voudrais continuer à flotter.

J'ouvre les yeux.

8

Différence fondamentale entre Gwendalavir et l'autre monde, il n'y a pas de religion ici. Pas de dieux, d'entités surnaturelles ou de divinités à adorer. Mais est-ce vraiment exact ? Nous avons la Dame...

Maître Carboist, *Mémoires du septième cercle.*

– Salim, Salim... Salim !

Le garçon leva un visage inondé de larmes. Bjorn le secouait par l'épaule.

— Salim, répéta le chevalier, elle a ouvert les yeux ! Elle n'est pas morte !

Il y eut une seconde de flottement, puis un hurlement à ébranler les montagnes et Salim se précipita.

Camille reposait dans les bras d'Ellana, Edwin et Artis agenouillés près d'elles. Maniel avait entamé une danse de joie avec maître Duom, tandis que Chiam Vite applaudissait de toutes ses forces.

Le garçon ne leur prêta pas la moindre attention, il plongea jusqu'à son amie.

— Doucement ! le morigéna la marchombre.

Mais elle souriait et se poussa un peu pour qu'il s'approche.

Camille se tenait immobile, pâle, le chuchoteur niché dans son cou. Quand elle aperçut Salim, elle essaya de lever la main vers lui. Il arrêta son geste.

— Non, ma vieille, ne bouge pas, tu vas encore te faire remarquer.

Tandis qu'il parlait, de nouvelles larmes jaillirent de ses yeux. Il ne prit pas la peine de les essuyer et continua :

— Ça va aller ?

Camille prit une douloureuse inspiration.

Ils se penchèrent vers elle pour saisir ses paroles.

— La Dame, Salim, murmura-t-elle, la Dame dans les étoiles…

Le garçon, brusquement inquiet, sentit son sang se figer. Il se tourna vers Artis Valpierre, mais celui-ci venait de plonger dans son rêve. Il en émergea très vite.

— Elle va bien, le rassura-t-il. Un simple délire dû au choc. Tout va rentrer dans l'ordre.

Camille tendit la main et agrippa le bras de son ami.

— Les étoiles, Salim, répéta-t-elle d'une voix plus forte bien qu'encore éraillée. Des millions d'étoiles…

Du bout du doigt, le garçon effleura sa joue. Il ne l'avait jamais touchée ainsi et, lorsque en réponse, les grands yeux violets se posèrent sur lui, une digue céda quelque part dans son cœur. Un bref frisson d'abord, puis une vague d'émotion qui balaya toute appréhension.

Il s'entendit lui parler, comme si personne d'autre n'avait été là pour l'entendre.

— Où tu veux, Camille, chuchota-t-il. J'irai où tu voudras. Je te suivrai partout, même dans les étoiles… Je veux juste que tu saches que vivre sans toi m'est impossible. Alors je t'en supplie, ne meurs plus, parce que sinon, moi, je vais mourir pour de bon… Parce que la vie sans toi n'a pas de goût, pas de sens… Parce que sans tes yeux, je suis aveugle. Sans tes mots, je me perds. Parce que sans toi, mon âme est nue. Sans toi, je ne suis rien… Parce que… je t'aime…

Sa voix, malgré lui, avait porté et ses paroles avaient été reçues dans un silence complet. Il s'en moquait. Elle le fixait et, dans ses iris, il lisait les étoiles dont elle avait parlé.

Ellana leva la tête et défia les autres du regard. « Que quelqu'un se permette la moindre réflexion… » semblait-elle promettre. Ses menaces étaient inutiles.

Artis Valpierre était tout pâle, Chiam Vite, assis à côté de maître Duom, contemplait les deux adolescents avec émerveillement. Quant à Bjorn et Maniel, l'émotion les avait pétrifiés.

Ellana tourna les yeux vers Edwin qui lui sourit. La jeune femme voulut parler, mais se ravisa. L'instant n'était pas à elle. Il appartenait à Camille et à Salim.

En accord avec ses compagnons, elle les laissa en goûter la saveur.

Il fallut plus d'une heure à Camille pour retrouver l'usage de son corps et vers midi, alors que la troupe s'arrêtait pour le repas, elle put enfin se lever.

Elle descendit du chariot où elle était restée ensevelie sous une montagne de couvertures et s'approcha de ses compagnons.

Le froid était encore plus vif que la veille et, dans le ciel d'un bleu à couper le souffle, on ne voyait pas le moindre nuage. En direction du Nord, se détachant avec une netteté surnaturelle, une barre de montagnes déchirait l'azur de ses pics couronnés de neige.

— La chaîne du Poll, indiqua Edwin. Nous en sommes encore loin, mais demain nous quitterons les plateaux d'Astariul.

Il tendit la main vers le Nord-Est, désignant une zone où les montagnes, toujours impressionnantes, étaient cependant moins hautes.

— Les Frontières de Glace, précisa-t-il. Les Raïs sont toujours passés par cette brèche pour attaquer Gwendalavir. La Citadelle des Frontaliers a été bâtie là pour leur barrer le passage.

Camille frissonna et Salim se précipita jusqu'au chariot pour aller lui chercher une couverture supplémentaire. Il n'avait pas eu le temps de regretter sa déclaration. Alors qu'ils repartaient, après avoir plié le camp, Bjorn s'était approché de lui. Le grand chevalier, l'air grave, s'était contenté de poser les deux mains sur ses épaules et de le regarder longuement. Avec fierté.

Plus tard, tandis qu'il encourageait Cocotte et Bourrichon, Salim s'était senti puissamment heureux.

9

L'âme des marchombres réside tout entière dans leur poésie… qu'ils sont les seuls à réellement comprendre.
Maître Carboist, *Mémoires du septième cercle.*

La troisième nuit passée sur les plateaux ne fut marquée par aucun incident. Le feu flamba haut et clair tant que l'obscurité régna et les hommes chargés de la garde furent particulièrement vigilants.

Edwin aperçut les empreintes d'un tigre, et cette découverte, loin de l'inquiéter, lui tira un soupir de soulagement.

— Si un tigre rôde par ici, expliqua-t-il, c'est que rien de plus dangereux n'occupe ce territoire…

Au matin, la toile des tentes était lestée d'une fine couche de glace et le paysage entier se parait d'un manteau de givre. L'haleine des chevaux dégageait des écharpes de vapeur et l'herbe craquait sous les pas. Ils plièrent le camp et reprirent la route.

En début d'après-midi, Camille commença à noter des transformations dans la végétation. L'herbe rase et les buissons rabougris laissaient la place à des arbustes touffus qui peu à peu devinrent des arbres, certes encore chétifs, mais dont le nombre indiquait clairement qu'ils n'étaient plus au cœur d'Astariul. La débandade d'une harde de siffleurs surpris par leur approche finit de rasséréner Edwin.

— Nous quitterons bientôt les plateaux pour traverser la plaine de Shaal, annonça-t-il. Ce soir, nous dormirons au pied des montagnes. Demain nous atteindrons Al-Poll.

— Où se trouve la cité ? interrogea Maniel. J'en ai souvent entendu parler, mais j'ignore tout d'elle.

— Tu n'es pas le seul dans ce cas, répliqua Edwin. Al-Poll a été bâtie à l'époque de Merwyn. C'était une ville gigantesque, entièrement souterraine. Des constructions prodigieuses s'élevaient dans des cathédrales naturelles, des édifices aussi beaux que ceux d'Al-Jeit se dressaient au bord de gouffres insondables. Les dessinateurs et les bâtisseurs avaient mis tout leur art à rivaliser avec la nature. Le résultat était une merveille. Mais il y a presque mille ans, des choses terribles se sont produites à Al-Poll. Les hommes avaient creusé profondément la montagne, s'enfonçant dans les dédales de galeries qui n'étaient pas faites pour eux. Des créatures vivaient là, innombrables et sanguinaires. Les Iaknills ! Ils ont déferlé sur la cité. Les dessinateurs et les soldats ont été submergés. Le massacre a été terrible. Les habitants ont fui la ville et l'Empire, conscient de l'inutilité d'une guerre perdue d'avance, a préféré se retirer. Les Iaknills ont regagné leurs cavernes, l'accès d'Al-Poll s'est effondré et la ville, abandonnée, est doucement entrée dans les légendes.

— Mais comment allons-nous y pénétrer ? objecta Salim.

Edwin sourit.

— Il existe d'autres entrées. C'est l'une des tâches des Frontaliers de veiller à ce qu'elles demeurent secrètes afin que personne ne réveille les démons d'Al-Poll...

Il se tourna vers le Nord et tout le monde suivit son regard.

Les montagnes dressaient une formidable barrière à l'horizon. Si leur pied était couvert de forêts, leurs sommets n'étaient qu'éperons rocheux, neige et glace.

Edwin poursuivit :

— Jadis une route reliait Al-Poll et la Citadelle, mais elle a disparu depuis longtemps. Demain, nous continuerons à pied.

— Et les chevaux ? interrogea Camille.

— Ils resteront au camp. Nous les retrouverons au retour.

Comme si elle avait senti qu'on parlait d'elle, Aquarelle s'approcha de sa jeune maîtresse qui la flatta derrière les oreilles.

— Oui, ma douce, oui, chantonna Camille. Nous reviendrons, c'est promis.

Ils laissèrent les plateaux d'Astariul derrière eux pour s'engager dans une plaine d'herbe rase qui s'étalait jusqu'aux contreforts de la chaîne du Poll.

La bise qui soufflait des montagnes enneigées était glaciale et Camille, malgré sa cape, fut rapidement frigorifiée.

— La plaine de Shaal, indiqua Edwin. En hiver, il y a tellement de neige qu'elle est impraticable à cheval. Il faut des chiens et un traîneau pour passer.

Ils traversèrent la plaine en échangeant peu de paroles, emmitouflés dans leurs vêtements, essayant de leur mieux de se protéger du froid.

Le vent ne cessa de les harceler que lorsqu'ils gagnèrent l'endroit où Edwin avait prévu de dresser le camp, au pied des contreforts. C'était une cuvette au fond de laquelle se dressaient trois gros rochers, oubliés par un antique glacier aujourd'hui disparu.

Ils montèrent les tentes et se regroupèrent. Les racines et brindilles collectées pendant le trajet flambaient sans dégager de véritable chaleur et ils se serrèrent les uns contre les autres.

Pendant que Maniel s'employait à servir le repas, Edwin prit la parole :

— Demain nous affronterons des dangers auprès desquels le périple qui nous a conduits ici pourrait faire figure de voyage d'agrément. Vous êtes de valeureux compagnons et je n'aurais pu souhaiter meilleur soutien pour cette mission. Je comprendrais toutefois que certains parmi vous ne souhaitent pas aller jusqu'au bout…

Les paroles du maître d'armes restèrent un instant en suspens, puis il se tourna vers l'analyste.

— Duom, mon vieil ami ?

Le vieillard sursauta.

— Il est hors de question que j'abandonne !

— Demain sera le jour des combats, insista Edwin. Tu devrais rester ici. Tu auras déjà du mal à atteindre la cité, que deviendras-tu s'il nous faut de nouveau courir ?

Edwin était visiblement peiné pour son ami, mais son sens des responsabilités le contraignait à aborder ce sujet.

L'analyste, conscient de la justesse de l'argument, ne répondit pas.

La voix de Camille s'éleva alors, douce et éloquente. Elle avait écouté Edwin en caressant le chuchoteur blotti sous sa cape. Le contact de la douce fourrure l'apaisait, l'aidait à se ressourcer, à être fidèle à ce qu'elle pensait.

— Hans nous a quittés, Bjorn, Ellana, Salim ont failli mourir et je sais ce qui m'est arrivé, exposa-t-elle. La mort est une réalité qu'il appartient à chacun de nous d'appréhender du mieux qu'il peut. Je crois que la décision appartient à maître Duom et à lui seul.

À son tour, Chiam Vite prit la parole :

— Les vieillards être des sages, pas des enfants. Le temps, qui prendre leur vie, leur donner aussi le droit de choisir leur fin. Qui être nous pour parler à la place de quelqu'un qui pouvoir être notre père ? Notre quête être sans doute très importante, mais aux yeux de maître Duom, le monde n'avoir de réalité que parce que lui-même être en vie. Refuser le vœu d'un doyen, ce être refuser la touche finale à une œuvre aussi ancienne que l'univers. Ce être mal !

Ellana hocha la tête, imitée par Bjorn et Maniel.

Edwin ferma les yeux et expira longuement. Puis il se tourna vers l'analyste.

— Duom ?

Le vieillard prit le temps de réfléchir et, lorsqu'il parla, sa voix était assurée.

— Je viens, décida-t-il. Je ne serai pas une charge quoi qu'il arrive, je viens !

— Très bien, admit Edwin. Vos paroles sont sages et il y a une certaine logique à ce que notre aventure se poursuive ainsi... Je pense maintenant que nous devrions dormir. Une longue journée nous attend demain.

Tous acquiescèrent et s'empressèrent de se réfugier dans les tentes.

Edwin resta seul, à monter la garde sous les étoiles.

10

Neige sur flamme
Roseau dans le vent
Marchombre

Ellundril Chariakin,
chevaucheuse de brume.

C amille se retourna une dernière fois pour apercevoir Aquarelle, mais elle n'y parvint pas.

Ils marchaient depuis plus d'une heure et le jour
pointait à peine. Edwin les avait réveillés très tôt. Le
chariot dételé, il leur avait montré comment entra-
ver les chevaux.

— Il faut serrer suffisamment pour qu'ils se
sentent attachés, avait-il expliqué, mais faire en
sorte qu'en cas de nécessité ils puissent se libérer.

Il avait ensuite vérifié les nœuds et donné le
signal du départ. Ils ne s'étaient chargés que du
strict minimum et Camille avait compris ce que cela
signifiait : ils réussiraient ou ne reviendraient pas !

— Moi, quand j'aurai un cheval, lui annonça
Salim, je l'appellerai Jambon-Beurre.

Camille s'arrêta et le dévisagea, gentiment
moqueuse.

— Je t'ai connu plus poète...

Le garçon s'empourpra au souvenir de sa déclaration d'amour, avant de bredouiller une vague et incompréhensible explication, qui tira un sourire attendri à Camille.

L'effort de la montée avait coloré leurs joues, les souffles étaient courts. Ils avançaient sur un sentier à peine tracé qui s'élevait régulièrement et ils rencontrèrent bientôt les premiers arbres, des conifères qui commençaient à prendre une teinte jaune ocre.

— Des rougeoyeurs, indiqua Maniel à Salim. Un peu plus tard dans la saison, ils donneront l'impression que la montagne est en feu.

Le sol était recouvert d'un épais tapis d'aiguilles qui étouffaient le bruit de leurs pas. De rares buissons parvenaient à percer çà et là, dans le sous-bois que la lumière du jour naissant nimbait d'un halo doré. Edwin marchait en tête, suivi de près par maître Duom qui semblait mettre un point d'honneur à ne pas traîner.

Chiam Vite progressait à côté des jeunes gens. Il sifflotait tout en fixant une pointe de flèche sur sa hampe et Salim le regardait avec admiration. Le Faël n'accordait aucune attention au chemin, mais ne butait jamais contre un obstacle. Ses doigts paraissaient doués d'une vie propre et son travail lui prit moins d'une minute.

— Comment as-tu deviné, pour la goule? lui demanda Camille.

— Nous avoir chez nous une créature malfaisante, la tuen' tulth, qui être invulnérable à l'acier. Nous avoir compris depuis longtemps qu'on pouvoir la tuer avec du bois. Nous ne plus la craindre.

— Mais tu ne pouvais pas savoir que ce qui était efficace sur ta tuen' tulth le serait sur la goule!

— Tu avoir une autre idée ?

— Euh... non...

— Moi non plus !

Chiam lui adressa une grimace et elle dut s'en contenter. Peut-être Faëls et humains étaient-ils vraiment différents...

Ils étaient haut dans la montagne. Le ciel était limpide et l'air glacé, mais l'effort soutenu qu'ils fournissaient les empêchait d'avoir froid. Maniel avait même ôté son manteau, dénudant ainsi les muscles puissants de ses bras. Aux environs de midi, ils franchirent à gué un torrent qui cascadait sur les rochers. Edwin proposa une halte.

— Nous touchons au but, les informa-t-il. À partir de maintenant, je veux le silence complet. Il serait stupide de croire que les Ts'liches ont laissé les Figés sous la seule surveillance du Gardien. Finies les conversations. D'accord ?

Ils partagèrent un maigre repas en échangeant de rares chuchotements puis se remirent en route.

Ils passèrent une série de cols rocailleux avant de découvrir la première plaque de neige dans laquelle Salim plongea la main. Un bruit se fit alors entendre derrière un gros rocher. Un chuintement ponctué de cliquetis que Camille identifia immédiatement tant il était resté gravé dans sa mémoire.

— Un marcheur ! chuchota-t-elle, terrifiée, réalisant qu'ils se trouvaient sur leur territoire.

— Restons groupés, ordonna Edwin, un marcheur n'osera jamais s'en prendre à plusieurs guerriers.

Les guerriers avaient tiré leurs armes et, sur le qui-vive, ils reprirent leur progression. Il n'y avait rien derrière le rocher et Camille fronça les sourcils. Elle était persuadée que le bruit provenait de là !

Il y eut soudain une chute de pierres sur les hauteurs à leur droite. Artis Valpierre poussa un cri. Une dizaine de marcheurs dévalaient l'éboulis à toute allure, leurs tentacules venimeux fouettant l'air devant eux.

Dans un même élan, Edwin, Maniel et Bjorn se précipitèrent pour se placer devant leurs compagnons. Il n'y eut pas de combat.

Camille se tenait à côté de Chiam Vite et elle le vit agir à une vitesse telle qu'elle eut l'impression de visionner un film en accéléré. Sa main droite allait et venait de son carquois à son arc, presque invisible, et à chaque mouvement une flèche partait. L'écho du cri d'Artis ne s'était pas éteint que le dernier marcheur s'effondrait, un trait fiché dans sa gueule.

Ellana, émerveillée, s'approcha du Faël.

— Fantastique ! le félicita-t-elle. Je suis obligée de revoir à la hausse tout ce que j'ai pu penser de ton peuple.

— Un jour, tu venir chez nous, rétorqua-t-il, et tu revoir peut-être à la baisse ce que tu penser des humains. Et des marchombres…

En souriant, il alla récupérer ses flèches. Salim et Maniel l'aidèrent, mais Camille ne put s'y résoudre. Le souvenir des marcheurs était encore chargé de trop d'angoisse pour qu'elle les approche, même morts.

Un peu plus tard, ils basculèrent dans un vallon sauvage qui venait buter contre une paroi rocheuse verticale. Edwin ordonna une halte.

— L'entrée que je connais se trouve là-bas, leur expliqua-t-il à voix basse, juste au pied de la falaise. Il s'agit d'un ancien conduit d'aération.

Il avait à peine fini sa phrase que des hurlements raïs se firent entendre, assez loin derrière eux. Edwin poussa un juron.

— C'était trop beau pour durer! Ils devaient patrouiller plus bas et ont découvert nos traces.

— Ils ne nous trouveront peut-être pas, suggéra Salim.

— N'y compte pas, mon garçon. L'odorat des Raïs est très développé. Ils ne nous lâcheront plus maintenant qu'ils nous ont sentis.

Il écouta attentivement et grimaça.

— Deux hordes, ragea-t-il, peut-être trois. Ne restons pas ici. En avant!

La troupe s'élança dans la combe. Bondissant par-dessus les buissons, ils atteignirent bientôt la paroi. L'ouverture était là. D'abord assez large pour offrir un passage confortable à deux hommes, elle se rétrécissait rapidement pour devenir un boyau que la lumière du jour ne réussissait pas à éclairer.

— Nous avons un problème, annonça Edwin. Nous devons ramper sur quelques mètres, puis descendre par un puits. Cela nous prendra du temps. Les Raïs arriveront sur nous avant que nous soyons en bas. Ils sont trop nombreux pour que nous espérions l'emporter. Je vais…

— Non! le coupa Bjorn. Hors de question! Tu es le seul à connaître le chemin, c'est moi qui reste ici pour les accueillir!

Edwin regarda un instant le chevalier en silence et hocha la tête.

— Je reste aussi !

Maniel avait bombé le torse, ce qui le rendait encore plus impressionnant que d'habitude.

— À nous deux, continua-t-il, on bouche parfaitement l'entrée. Ils auront du mal à passer !

Chiam Vite se glissa entre les deux colosses.

— À part si vous insister pour vous amuser tout seuls, lança-t-il, j'aimer participer à la fête. Du moins si Ellana n'y voir pas d'inconvénient.

La jeune marchombre s'approcha du Faël.

— Aucune objection mon ami, au contraire. Mais avant de t'exposer, sache que je te libère de l'engagement que tu as contracté envers moi. Tu sais comment peut finir cet affrontement. Si tu décides de combattre, que ce soit un véritable choix d'homme libre.

— De Faël, rectifia Chiam en souriant, de Faël, pas d'homme. Je rester et je être prêt à parier que vous nous retrouver ici lorsque vous sortir.

Camille sentit son cœur se serrer. Quelque chose en elle hurlait que ses amis se sacrifiaient et qu'elle ne les reverrait pas vivants.

— En route, lança Edwin pour masquer son émotion.

Il pressa brièvement l'épaule des soldats et du Faël puis se glissa dans la grotte. Un à un, les autres l'imitèrent.

Son tour venu, Camille se jeta dans les bras de Bjorn qui la serra contre lui.

— Tu es le plus beau chevalier que je connaisse, lui confia-t-elle lorsqu'il relâcha son étreinte. Tu es digne d'entrer dans les légendes aux côtés des plus grands.

Puis elle se tourna vers Maniel et Chiam.

— Je suis fière de vous avoir rencontrés. Vous êtes exceptionnels.

Ses yeux s'embuaient, elle se hâta de conclure :

— À tout à l'heure…

Consciente de proférer une absurdité, elle se glissa à son tour dans le passage.

Quand elle eut disparu, les trois amis se regardèrent en souriant, puis Bjorn fit un large geste de la main.

— Bel endroit pour mourir, non ?

— Qui parler de mourir ? demanda Chiam.

— La raison. La simple raison. Les Raïs ne se déplacent jamais à moins de cinquante et Edwin n'est plus là pour fausser la logique.

— C'est évident, admit Maniel en haussant les épaules. Nous ne verrons sans doute pas d'autres levers de soleil… Faisons simplement en sorte que la petite puisse finir ce qu'elle a commencé.

Bjorn cracha dans ses mains et saisit sa hache.

— On va lui offrir tout le temps dont elle a besoin, promit-il. Et on va bien s'amuser !

Les hurlements des premiers Raïs retentirent.

11

Ce que j'aime par-dessus tout en Gwendalavir, outre la salade de champignons, c'est l'inutilité du mot impossible.

Merwyn Ril' Avalon.

Camille rampa sur une dizaine de mètres avant de retrouver les autres. Ils l'attendaient près d'un puits obscur qui s'ouvrait dans une grotte au plafond élevé. Maître Duom avait créé une flamme qui dansait au bout de ses doigts. Edwin, qui scrutait l'ouverture à ses pieds, intervint :

— Al-Poll sera éclairée, ceux qui l'ont dessinée ont prévu qu'elle ne resterait jamais dans l'ombre. Allons-y maintenant. La descente est périlleuse, il va falloir être très prudents.

— Pourquoi ne pas nous assurer ? proposa Salim.

— Parce que ce puits est profond d'au moins cinquante mètres et que nous ne disposons pas de corde assez longue.

Salim saisit son sac à dos. Il en sortit un filin qui brilla doucement à la lueur de la flamme.

— Le fil d'Hulm ! s'exclama Ellana. Je n'y pensais plus. Tu es génial !

Salim se rengorgea, mais l'absence de Bjorn lui ôta l'envie de plaisanter. Edwin connaissait les pro-

244

priétés remarquables de l'objet. Il le prit et fit une boucle à son extrémité. Puis il se tourna vers maître Duom.

— Tu descends le premier, lança-t-il. Ne proteste pas, ce n'est pas un cadeau, au contraire. N'importe quoi peut t'attendre en bas. Tire plusieurs fois sur la corde quand tu seras arrivé.

L'analyste hocha la tête en silence. Avec une vigueur qu'on ne lui soupçonnait pas, il saisit la corde qu'Edwin avait fermement agrippée, passa la boucle autour de sa taille et se plaça face à la paroi. Le maître d'armes déroula lentement le fil d'Hulm, et maître Duom disparut dans l'obscurité. À la grande surprise de Camille, la quantité de filin disponible ne variait pas, la bobine posée sur le sol était toujours aussi épaisse. Maître Duom signala son arrivée. Edwin remonta la corde et Artis s'enfonça dans le puits.

— Ensuite, ce sera ton tour, indiqua le maître d'armes à Ellana.

— Et toi? rétorqua-t-elle. Comment comptes-tu t'y prendre?

— Je me débrouillerai. De toute façon, je suis trop lourd pour que vous m'assuriez.

— Dans ce cas, je reste avec toi. Nous descendrons ensemble.

Des bruits de combat parvinrent jusqu'à eux, provenant de l'extérieur. Edwin, inquiet, acquiesça.

— C'est donc au tour de Salim. Accélérons!

Le garçon saisit la boucle qui venait d'apparaître et Edwin le précipita sans ménagement dans le vide. Il eut juste le temps de pousser un cri de stupeur. Déjà Artis et maître Duom l'aidaient à se détacher. Camille ne tarda pas à les rejoindre.

Ils se trouvaient à l'entrée d'un boyau juste assez haut pour qu'ils se tiennent debout. À son extrémité, on distinguait une pâle lueur. Au-dessus d'eux, retentit soudain un bruit et une pierre grosse comme un ballon tomba aux pieds de Salim. Edwin, encore invisible, poussa un affreux juron.

— Et de deux ! lança Ellana. Sans moi, tu t'écrasais en bas !

Salim jeta un regard étonné à Camille.

— Et de deux ? demanda-t-il. J'ai raté un épisode ?

Son amie ne répondit pas. Le maître d'armes et la marchombre les rejoignirent. Un sourire barrait le visage de la jeune femme et Edwin poussa un grognement désabusé. Il tendit le fil d'Hulm à Salim et s'avança dans le passage.

— Dépêchons-nous, marmonna-t-il.

Al-Poll, à sa manière, était presque aussi belle qu'Al-Jeit.

La ville se dressait dans une grotte aux dimensions incroyables. Dans une claire lumière, sans source précise, qui mettait en valeur le moindre relief, une multitude de tours s'élançaient vers la voûte rocheuse. Elles étaient taillées dans la pierre, chacune différente, chacune extraordinaire de proportions et d'audace. Le sol était constitué d'une unique dalle de marbre vitrifié et les pas des compagnons résonnèrent longuement dans le silence total.

Edwin désigna une vaste construction surmontée d'un dôme.

— L'Académie des dessinateurs, n'est-ce pas, Duom ?

— Oui. Si les Figés sont à Al-Poll, il y a des chances que nous les trouvions là.

Le cœur de Camille s'emballa. Ils touchaient au but.

Edwin les guida à travers un dédale d'avenues qui couraient entre les tours, jusqu'au moment où un gouffre apparut devant eux. Il barrait la ville en deux comme un gigantesque coup de rasoir et, large de cent mètres, s'enfonçait verticalement dans des ténèbres absolues. Une dizaine de ponts le franchissaient en d'harmonieuses courbes qui leur rappelèrent l'Arche sur le Pollimage. Ils se hâtèrent vers le plus proche.

Ils l'avaient presque atteint lorsque Camille sentit la sphère graphe tressauter dans sa poche. La seule fois où ce phénomène s'était produit, c'était quand…

Elle poussa un cri d'alerte. Edwin et Ellana pivotèrent, tandis que Salim bondissait vers elle. À une vingtaine de pas, quatre hautes silhouettes dressaient leur silencieuse et mortelle menace. Des Ts'liches !

Camille voulut parler, mais le pouvoir des créatures l'atteignit de plein fouet. Un froid intense la saisit, qui lui rappela cruellement sa rencontre avec la goule. Ses muscles se figèrent. Son esprit vacilla.

Dans la douleur qui déferlait sur elle, Camille comprit cependant que la situation était différente. Elle avait affaire cette fois à un dessin, elle n'était pas impuissante. Elle jeta toutes ses forces dans la bataille.

Sa Volonté frappa comme une masse le vouloir des Ts'liches et, alors que la douleur refluait, elle retrouva sa liberté de mouvement. Elle était prête à réagir à l'émergence d'un objet dans la réalité, mais rien ne se matérialisa. Les Ts'liches utilisaient leur pouvoir brut comme une arme. Ils frappèrent une nouvelle fois et Camille serra les dents. Son front s'emperla de sueur, elle avait mal à en crier. Elle luttait pour conserver la maîtrise de son corps et de son esprit, comme si les quatre monstres tentaient de…

Les Ts'liches les figeaient! C'était donc ainsi qu'ils s'y prenaient! Déjà, à côté d'elle, ses compagnons ne bougeaient plus. Seul Salim, cramponné à son bras, était préservé. Il bénéficiait de la barrière de protection qu'instinctivement elle avait dressée autour d'elle. Cette découverte lui redonna du courage et elle raffermit sa Volonté. La pression des Ts'liches sur son esprit était énorme, mais elle réussissait à la contenir!

Elle plongea au fond d'elle-même pour en ramener la moindre parcelle de Pouvoir et, lentement, repoussa l'assaut. La haine des créatures la frappait en vagues dévastatrices, mais elle résista. Elle pouvait presque voir un mur d'énergie scintiller à quelques centimètres d'elle, puis soudain, le dessin explosa. Camille se sentit libre.

Près d'elle, Salim frissonna. Les autres, stoppés net en plein mouvement, restèrent immobiles. Les Ts'liches firent un pas en avant et, en apercevant leurs monstrueuses lames osseuses croisées devant leur torse d'insecte, Camille se mit à trembler. Elle se préparait à se lancer dans les Spires pour un combat terrible quand le bruit bien connu d'un sabre quittant son fourreau la fit sursauter.

— Vous allez devoir continuer seuls, articula Edwin.

— Mais… Tu…

Le maître d'armes jeta un regard aux Ts'liches qui s'étaient arrêtés et se permit un sourire.

— Je suis un Frontalier, un fils de Merwyn, lança-t-il. Pourquoi crois-tu que les frères de ces lézards sont venus mourir sur ma lame dans la forêt de Baraïl au lieu d'utiliser leur Pouvoir ? Leurs dessins sont sans effet sur ceux de mon sang, et ils le savent. Allez, filez maintenant !

— Mais c'est impossible, protesta Camille. Tu ne peux pas lutter seul !

— Fais ce que tu as à faire, Ewilan, et laisse-moi m'occuper des Ts'liches. Il te reste le Gardien, ne l'oublie pas. Tu seras seule pour l'affronter, soit dit sans te vexer, Salim.

Camille expira longuement et fit un pas en arrière. Edwin reporta son attention sur les Ts'liches. Près de lui, Ellana, Artis et maître Duom étaient immobiles, leurs traits figés dans une expression de douloureuse surprise. Camille s'approcha de nouveau. Le maître d'armes lui jeta un regard inquiet, mais elle le rassura d'un geste avant de se propulser dans les Spires. Elle savait exactement ce qu'elle voulait et cela ne lui prit que quelques secondes. Elle saisit ensuite la main de Salim et l'entraîna vers le pont au-dessus du gouffre.

— Au revoir, lança-t-elle à Edwin.

Le maître d'armes ne répondit pas.

Il était entièrement concentré sur l'affrontement à venir et tenait, pointé devant lui, le plus beau sabre qu'il ait eu l'occasion de voir.

Un équilibre parfait, un poids idéal, un fil qu'il savait aiguisé pour l'éternité.

Un dessin de Camille.

12

Edwin Til' Illan! Personnage mythique dont les exploits ont façonné les rêves de générations de jeunes chevaliers. C'était un stratège de génie, un remarquable pisteur, un cavalier exceptionnel, mais s'il est entré dans les légendes, c'est avant tout parce qu'il était le guerrier absolu.

Seigneur Hon Sil' Pulim,
Discours aux aspirants de la Légion noire.

C amille refusa de se retourner malgré les fréquents coups d'œil que Salim jetait derrière lui. Abandonner ses amis un à un lui était insupportable et elle s'obligeait à ne penser qu'à son objectif. De hautes constructions finirent par dissimuler l'endroit où Edwin livrait combat.

Un combat qui, quel que soit son dénouement, entrerait dans la légende.

L'Académie des dessinateurs était un bâtiment démesuré, à l'image de la ville qui l'abritait. Une imposante volée de marches conduisait à une porte qui aurait sans peine laissé passage à un troupeau d'éléphants. Elle était heureusement entrebâillée, car elle devait peser des tonnes et l'ouvrir aurait été impossible. Ils se glissèrent à l'intérieur. À leur grande surprise, il y régnait une obscurité totale.

— À toi, ma vieille, murmura Salim. Lumière !

Camille dessina une flamme qui se mit à danser au bout de ses doigts, dispensant une frêle lueur.

— Un peu mesquin comme éclairage… remarqua Salim.

— Peut-être, souffla Camille, mais je pense qu'il vaut mieux nous montrer discrets.

Son ami ne répondit pas. Son assurance était de façade, et seule la présence de Camille l'empêchait de rebrousser chemin.

L'intérieur de l'Académie paraissait avoir été ravagé par un cataclysme. Des colonnes, qui avaient dû être titanesques, s'étaient écroulées. Des pans entiers de mur n'étaient plus que ruines et un monumental monceau de débris s'élevait au centre d'une salle dont les limites se perdaient dans l'ombre, alors qu'un escalier grandiose s'élançait vers un étage presque aussi lointain que le ciel.

— Comment veux-tu retrouver quelqu'un là-dedans ? souffla Salim. On pourrait cacher une armée dans cette pièce, et ne jamais la retrouver.

— Aucune idée, soupira Camille en s'appuyant contre le monceau de gravats.

Il y eut soudain un bruit à la hauteur de son épaule, comme une bâche de cuir claquant dans le vent, et un œil aussi grand qu'une porte s'ouvrit dans son dos. Salim poussa un hurlement, repris par Camille lorsqu'elle s'aperçut que l'amoncellement de pierres auquel elle se tenait adossée était en train de prendre vie, et qu'il s'agissait d'un monstrueux animal.

Ils titubèrent en arrière, butant contre les cailloux qui jonchaient le sol, se bousculant dans leur hâte à s'éloigner de celui qu'ils venaient de découvrir.

Le Gardien !

L'œil se braqua sur eux, son immense iris mordoré diffusant une lumière qui rendait futile la flamme de Camille. Puis l'animal se redressa et leur cœur s'arrêta.

Haut de vingt mètres alors que ses pattes étaient toujours repliées sous lui, une immense paire d'ailes couchées sur son dos, une gueule garnie de crocs aussi grands qu'un homme, le Gardien était un dragon !

— Dessine ! hurla Salim.

Sans réfléchir davantage, Camille se jeta dans l'Imagination. Elle ne savait pas ce qu'elle allait y chercher. Une arme, une idée, un moyen de fuite peut-être.

Elle y retrouva le Dragon !

Il était là, immense, tout-puissant, bloquant de sa masse les chemins de l'Imagination. Camille sentit sa raison vaciller. Elle n'avait jamais rencontré personne dans les Spires. C'était impossible ! L'animal ne pouvait être là ! Pourtant, une voix gutturale s'éleva dans son esprit :

— *Pendant des siècles j'ai joué avec les nuages et les vents. J'ai vu tous les continents de ce monde, survolé des océans si grands que l'univers s'y perdrait. J'ai défié les étoiles et les ouragans. J'ai été montagne et j'ai été oiseau. J'ai acquis la maîtrise des éléments alors que l'homme n'était rien encore. Je vis d'Air et crache le Feu. Je suis issu de la Terre et dans l'Eau j'ai trouvé mon complément, l'autre moitié de mon âme. J'étais Dragon, mais aujourd'hui, je ne suis plus qu'un Gardien. Trompé*

par les mensonges d'êtres fourbes, piégé par leurs ruses,
j'ai perdu mon royaume, j'ai perdu mon Amour. Je suis
lié à une tâche vile par un pouvoir que ma force ne peut
briser. Je dois veiller sur de misérables humains et occire
ceux qui sont assez fous pour s'approcher de moi. Je vais
te tuer, fillette, mais sache que je n'y prendrai aucun
plaisir, car je lis en toi. Suffisamment pour percevoir ta
force et ta noblesse, mais je n'ai pas le choix…

— Attendez!

Camille avait crié et son cri lui fit quitter les Spires.

Le Dragon se tenait au-dessus d'eux. Une fumée bleutée sortait de ses naseaux aussi larges que des cheminées. Un immense collier de métal brillant encerclait son cou et ses yeux reflétaient la sagesse immémoriale que Camille avait lue dans ceux de la Dame.

La Dame!

Soudain, tout prit sens pour elle. Le pacte passé avec la baleine, la même lumière dans les regards des deux êtres géants, l'allusion du Dragon à sa moitié aquatique…

Il ouvrit une gueule immense au fond de laquelle rougeoyait l'enfer qui se préparait, mais Camille tendit le bras. Elle n'avait plus peur et, quand elle parla, ce fut d'une voix bienveillante.

— Elle m'a envoyée vers vous, commença-t-elle. Elle s'est adressée à moi, une nuit, alors que j'étais sur un bateau. Nous avons scellé un pacte dont je ne connaissais rien. Plus tard, elle m'a empêchée de mourir pour que je tienne parole. Pourtant, jusqu'à présent, j'ignorais ce qu'elle attendait de moi. Je savais simplement que, pour elle, ma naissance n'avait eu d'autre raison que de me conduire ici, aujourd'hui. Maintenant, je sais. Qui vous a infligé cela ? Qui a osé s'en prendre au Héros de la Dame ?

Le Dragon l'avait écoutée en silence. Il referma sa gueule et abaissa sa tête à sa hauteur. Salim fit un pas en arrière, Camille ne bougea pas. L'animal titanesque aurait pu la gober entière, mais il n'y avait pas la moindre trace de crainte en elle. Du bout du doigt, elle effleura le collier de métal et la voix du Dragon s'éleva.

— Le pouvoir ts'lich. Ils ont dessiné ce qui ne peut être détruit. Ce qui me cloue au sol et m'empêche de quitter cette salle. Que pourrais-tu faire face à cela, messagère de ma Dame ?

Une vague de puissance envahit Camille, semblable à celle qu'elle avait ressentie en dessinant l'éclair qui avait désintégré le mercenaire. Elle ouvrit les bras.

— Je ne suis qu'une enfant, déclara-t-elle, mais je vais vous rendre vos ailes.

Elle s'immergea lentement dans l'Imagination. Le Dragon n'était plus là, pourtant elle percevait sa présence, une stupéfiante onde de pouvoir qui la poussait en avant.

Elle monta plus haut qu'elle n'était jamais allée et un deuxième appui se fit sentir. La Dame s'était jointe à eux !

Camille focalisa son attention sur le collier du Dragon et il lui apparut tel qu'il était réellement, une formidable entrave d'énergie liant l'animal au sol. Elle la sonda et en perçut toute la force. Une phrase de maître Duom lui revint à l'esprit : « Ce qui est dessiné pour être éternel ne peut jamais être brisé. »

254

Elle banda sa Volonté, et lorsqu'elle se lança sur le lien, deux autres présences se joignirent à elle. Elle reconnut immédiatement la première.

Sa mère, cette fois-ci, n'utilisait pas le chuchoteur comme intermédiaire. Son pouvoir était dérisoire face à la puissance du Dragon et de la Dame, mais il véhiculait tant d'amour et de confiance que Camille sentit sa propre force croître encore.

L'identité de la deuxième personne devint évidente. Son père aussi était vivant et se jetait à ses côtés dans la bataille. Avec la certitude de réussir, Camille frappa le dessin ts'lich.

Tout d'abord, il ne se passa rien. L'objet, créé par la puissance conjuguée des membres d'une race immémoriale, semblait indestructible. Puis une nouvelle portion des Spires s'ouvrit devant Camille. Un endroit que, seule, elle n'aurait jamais pu atteindre, un endroit qu'elle ne reverrait sans doute jamais. Le nombre des possibles y était infini, la notion de limite avait disparu. Elle se sentait propulsée par la force de deux êtres fabuleux, mais elle savait que, sans elle, ils auraient été impuissants. Ils étaient l'arc, elle était la flèche. Son propre don la guidait infailliblement vers sa cible.

Quand son Pouvoir heurta cette cible en son centre, il y eut une explosion de lumière et un claquement si sonore que Camille et Salim crurent devenir sourds.

Brisé en deux, le collier reposait à terre.

Le Dragon poussa un rugissement de joie. Il dressa la tête vers la voûte de la salle et une flamme immense jaillit de sa gueule. Puis ses pattes le propulsèrent vers le haut, et il jaillit comme un météore.

Il percuta le plafond qu'il traversa comme s'il avait été de papier.

Camille et Salim n'eurent que le temps de s'abriter ; une pluie de débris tomba autour d'eux, manquant les ensevelir.

Une deuxième avalanche s'abattit lorsque le Dragon passa à travers le toit de l'Académie, et ils coururent se réfugier sous le gigantesque escalier.

C'est là qu'ils découvrirent les Figés.

Le silence était retombé, ponctué de temps en temps par la chute d'une pierre. Ils étaient dix, comme enchâssés dans une gangue de matière translucide, disposés sans la moindre noblesse contre un mur à moitié écroulé, recouverts d'une épaisse couche de poussière.

Ils étaient immobiles, pourtant Camille lut dans leurs regards qu'ils avaient toute leur conscience. Elle crut même voir les yeux d'une femme se tourner légèrement dans sa direction.

— Ils ne sont pas super-top pour des héros ! ne put s'empêcher de remarquer Salim.

Avec le départ du Dragon, l'aura de la Dame avait disparu, mais Camille percevait encore la présence de ses parents et se sentait toujours aussi sûre d'elle. Elle se glissa dans les Spires.

Comparé à la puissance du collier, le dessin qui immobilisait les Figés lui parut presque enfantin. Il n'avait pas été créé pour l'éternité et le défaire ne lui posa aucun problème.

Une à une, les Sentinelles s'éveillèrent. Elles tournèrent vers les deux jeunes gens des visages chargés de reconnaissance et la femme que Camille avait cru voir bouger fit un pas dans leur direction.

Elle n'eut pas le temps de parler.

— J'ai rempli ma part du marché, annonça Camille, nous discuterons plus tard. Vous avez un verrou à faire sauter dans les Spires, moi des amis à sauver.

— Attends ! lui cria la femme. Je suis Éléa Ril' Morienval. C'est moi qui t'ai contactée lorsque tu es arrivée en Gwendalavir. Tu ne peux pas t'en aller comme ça !

Camille lui jeta un regard glacial, gravant à jamais ses traits dans sa mémoire.

— Éléa Ril' Morienval… reprit-elle en martelant les syllabes. Je sais trop qui vous êtes ! Cela fait des semaines que je rêve de vous rencontrer. Quel malheur que je ne puisse pas m'attarder, nous avons tant de choses à nous raconter… Mais ne vous inquiétez pas, nous nous reverrons ! Je n'en ai pas fini avec vous…

Puis, avant que la Sentinelle ait pu ajouter quelque chose, elle saisit le bras de Salim et ils disparurent.

13

Y a-t-il un Dragon, entité unique et merveilleuse, ou
des Dragons, race auprès de laquelle les Ts'liches feraient
figure d'enfants chétifs? Tant que l'homme restera
confiné dans l'Empire, nous n'aurons pas la réponse. Le
Savoir passe par l'exploration…

Maître Duom Nil' Erg, courrier
à l'empereur Sil' Afian.

Près de ses compagnons immobiles, Edwin avait posé un genou à terre. Son front touchait ses mains jointes sur le pommeau de son sabre. Il avait les yeux clos et sa respiration était sifflante. Son armure de cuir en lambeaux laissait s'échapper son sang par une dizaine de blessures dont trois, au moins, auraient eu besoin d'être recousues.

Les corps des quatre Ts'liches gisaient autour de lui.

Quand Camille et Salim apparurent, il leva la tête et un sourire naquit sur son visage marqué par l'épuisement.

— Tu as réussi? demanda-t-il d'une voix rauque.

— Oui!

La nouvelle agit comme un électrochoc. Avec une grimace, il se leva.

— Vous êtes grièvement blessé?

Salim était inquiet. Ses yeux allaient du maître d'armes aux corps des Ts'liches, aussi impressionnants morts que vivants. Il ne comprenait pas comment Edwin avait survécu à un pareil affrontement et s'attendait à le voir s'écrouler d'une seconde à l'autre. Le maître d'armes le rassura :

— Rien de grave, juste quelques coupures et un bon coup de fatigue. Je ne suis plus tout jeune…

Salim écarquilla les yeux.

— Quatre Ts'liches et vous trouvez que vous vieillissez ?

Edwin sourit.

— Le sabre d'Ewilan m'a bien aidé.

Puis il se tourna vers elle.

— Et le Gardien ?

Mais Camille s'était déjà plongée dans les Spires. Elle connaissait désormais le dessin qui avait figé ses amis et les libéra aisément. Malgré leur immobilité forcée, ils avaient suivi tout ce qui s'était passé. De grosses larmes coulaient sur les joues de maître Duom. Il prit Camille et la serra contre son cœur.

— Tu as réussi, s'exclama-t-il. Tu es merveilleuse !

Elle se dégagea gentiment mais avec fermeté.

— Ce n'est pas fini, réagit-elle. Il faut aider Bjorn et les autres !

Le visage de l'analyste se teinta de compassion.

— Tu sais, Ewilan, j'ai peur que…

— Non ! Taisez-vous ! Vous ne savez rien ! Tout est encore possible !

Ellana et Edwin échangèrent un regard qui en disait long, mais la jeune marchombre acquiesça.

— Elle a raison, il faut y aller !

Camille lui adressa un sourire reconnaissant et se tourna vers Edwin.

— Je peux t'y conduire avec un pas sur le côté, lui proposa-t-elle. Si tu te sens encore capable de combattre.

Ellana, qui avait assisté avec émerveillement au combat d'Edwin contre les Ts'liches, voulut intervenir, mais il ne lui en laissa pas le temps.

— Ça ira, affirma-t-il. Je suis prêt.

— Attends !

La voix d'Artis avait claqué, autoritaire.

— Il serait ridicule d'affronter les Raïs dans cet état ! Accorde-moi une minute pour soigner tes blessures.

C'était plus un ordre qu'une demande et Edwin, sidéré, ne protesta pas. Le rêveur posa les mains sur ses épaules, ferma les yeux et ne bougea plus. Salim, qui se tenait près de lui, vit avec stupeur une plaie sur l'avant-bras d'Edwin cesser de saigner. Ses bords se rapprochèrent et il n'y eut plus qu'une cicatrice, encore enflée, mais saine d'aspect. D'autres estafilades se suturèrent de la même façon et Artis recula d'un pas.

— Voilà, j'ai fini. Ce n'est pas du grand art, mais ça devrait tenir le coup si tu n'exagères pas.

Edwin fit jouer son bras avec étonnement, mais déjà Camille lui saisissait la main.

— Tu ne peux pas m'emporter aussi ? insista Ellana.

— Non. Je ne saurais expliquer pourquoi, mais j'en suis incapable.

— Ça ne fait rien. Nous vous suivons.

Camille et Edwin disparurent. Les autres se regardèrent en souriant.

— Cette petite est phénoménale ! déclara maître Duom. Vous rendez-vous compte de ce qu'elle a réalisé ?

— Vous croyez que les Figés vont réussir à libérer les Spires? demanda Artis.

— Ce ne sont plus les Figés, corrigea l'analyste, mais les Sentinelles, et la voie est ouverte. Le verrou a sauté! Je l'ai senti dans mon corps comme si je rajeunissais de dix ans. Je peux enfin dessiner et, crois-moi, c'est une impression merveilleuse!

— Et si les Ts'liches fermaient à nouveau l'Imagination?

— Impossible! Nous savons que les guerriers lézards n'étaient plus très nombreux et Edwin, depuis le début de cette aventure, en a éliminé six. Les survivants n'auront plus jamais le pouvoir de bloquer les Spires!

Ellana contempla les corps monstrueux étendus sur le sol.

— Lui aussi est phénoménal, murmura-t-elle. Je n'ai jamais rencontré quelqu'un qui lui arrive à la cheville. Allons-y, poursuivit-elle, j'ai peur qu'il n'y ait plus d'espoir pour nos amis, mais Ewilan a raison, nous devons croire à l'impossible tant que nous le pouvons.

Camille et Edwin se matérialisèrent dans la partie haute de la galerie. Aussitôt, le maître d'armes se plaça devant elle et se mit en garde. C'était inutile, il n'y avait plus d'ennemis à combattre.

L'entrée du boyau était encombrée par un amas de corps raïs, mais il n'y avait pas trace de Bjorn et de ses compagnons. Du dehors montait une affreuse puanteur qui tira une grimace à Camille.

— Que s'est-il passé? souffla-t-elle.

Edwin lui fit signe de se taire et s'avança, sur le qui-vive. Elle le suivit sans bruit et découvrit alors une hallucinante scène de carnage. Une bonne cinquantaine de guerriers raïs gisaient au sol. Leurs corps semblaient avoir été carbonisés, certains fumaient encore, quelques flammes s'éteignaient lentement dans les herbes et les buissons. Bjorn, Maniel et Chiam étaient assis sur un gros rocher et considéraient la scène avec ébahissement.

Au moment où Edwin et Camille apparurent, le chevalier apostrophait ses amis.

— Mais puisque je vous dis que c'était un dragon !

Maniel secoua la tête d'un air obstiné.

— Les dragons n'existent pas, tout le monde sait ça !

— Et même s'ils exister, intervint Chiam Vite, pourquoi celui-ci venir à notre aide ? Les Raïs avoir été grillés et nous ne pas avoir été approchés par la moindre flamme.

Camille adressa un clin d'œil à Edwin.

— Parce que ce dragon est un copain, lança-t-elle.

Pris au dépourvu, les trois amis bondirent sur leurs pieds et Bjorn faillit s'étaler.

— Quoi ? s'exclama-t-il. Qu'est-ce que tu dis ?

Puis il prit réellement conscience de leur présence et courut vers eux, suivi par Chiam et Maniel.

— Bon sang, Camille, bafouilla-t-il. Si tu es ici, c'est que…

— C'est fait, révéla-t-elle en souriant largement. Les Sentinelles sont libres, les Spires vont s'ouvrir.

— Et les autres ?

— Ils arrivent.

Bjorn poussa un hurlement de joie et bondit dans les bras de Maniel. Les deux géants se mirent à valser en se donnant dans le dos des claques à assommer un bœuf. Ils criaient et chantaient à la fois tandis que Chiam, sur le rocher, riait à gorge déployée.

Camille sentit un poids énorme quitter ses épaules.

14

Ewilan, lorsqu'elle a dessiné le sabre d'Edwin, a eu la bonne idée de le lui placer entre les mains et non de le ficher dans un rocher jusqu'à la garde. C'est peut-être moins romantique, mais sacrément plus pratique !

Auteur inconnu.

La nuit était là, un feu brillant lançait ses flammes vives vers les étoiles. Les compagnons étaient réunis autour de sa lumière et de sa chaleur.

Ils avaient rapidement regagné la cuvette où ils avaient laissé leurs chevaux, comme si le succès leur avait donné des ailes. Artis Valpierre avait aidé la nature avec son Art, et leurs blessures n'étaient plus que des souvenirs. Bjorn et Maniel s'étaient chargés, en chemin, d'une quantité de bois suffisante pour bivouaquer une semaine et, en arrivant, Camille avait été accueillie par les hennissements d'Aquarelle, ravie de la retrouver. Chiam avait préparé un succulent repas qu'ils engloutissaient en relatant ce qu'ils venaient de vivre.

— Assez parlé de moi, s'exclama Camille. À vous maintenant !

Bjorn se racla la gorge.

— Pour nous, commença-t-il sans se faire prier, tout s'est bien passé. Surprenant, non ? À vrai dire, j'étais persuadé que nous ne survivrions pas à ce coup-là. Les Raïs sont arrivés sur nous à travers les arbres, comme des sauvages. Un raz-de-marée vraiment effrayant, mais Chiam est entré dans la danse…

Le chevalier s'arrêta une seconde pour poser la main sur l'épaule du Faël.

— Edwin ou Ellana sont d'excellents tireurs, reprit-il, mais ces deux-là réunis ne valent pas un clou à côté de notre ami ici présent. Il en a occis une bonne douzaine avec ses flèches, pourtant ils arrivaient vite! Ensuite, Maniel et moi avons pris la relève en finesse comme d'habitude, bien que le coutelas de Chiam n'ait pas chômé. Les Raïs étaient si nombreux qu'ils se poussaient sous nos lames. J'avoue que ça faisait un peu désordre. Une fois que le paquet a été éclairci, le problème est devenu sérieux. Nous commencions à fatiguer tandis que les Raïs avaient plus d'espace pour se déplacer. J'ai cru que c'en était fini de nous! Soudain, le ciel s'est obscurci, une masse énorme est tombée sur les Raïs. L'enfer s'est déchaîné et tout a été fini. Ils ont été calcinés! Nous avons juste vu un animal gigantesque s'envoler vers le Sud. Quand vous êtes arrivés, nous nous demandions ce que ça pouvait bien être. Voilà.

Il y eut un silence qui se prolongea comme si chacun, après l'enthousiasme provoqué par la victoire et les retrouvailles, avait envie de profiter d'une joie plus calme.

Étrangement, ce fut Maniel qui parla le premier.

— Et maintenant? demanda-t-il sans s'adresser à quelqu'un en particulier.

Pendant un long moment, seuls les craquements du feu lui répondirent puis Artis se lança :

— Je vais gagner Tintiane, au sud d'Astariul. Nous avons une confrérie là-bas et j'ai encore beaucoup à apprendre.

— Je t'accompagner, si tu être d'accord, proposa Chiam Vite. Je me toujours promettre de découvrir Ombreuse. Nous faire la route ensemble et, lorsque tu retrouver tes frères, je continuer vers la forêt maudite.

Les visages se tournèrent vers Bjorn, qui haussa les épaules.

— J'ai promis à Maniel un séjour dans la ferme de mes grands-parents. C'est là que nous irons lorsque nous aurons donné un coup de main à l'armée impériale pour bouter les Raïs hors de Gwendalavir et leur enlever l'envie d'y remettre les pieds. Je suppose que tu en feras autant, Edwin ?

— Non, répondit ce dernier. La libération des Sentinelles remet nos dessinateurs en jeu et la guerre contre les Raïs va totalement changer de visage. La victoire est à notre portée. Toutefois, je ne participerai pas aux derniers combats. Avant de quitter Al-Jeit je me suis entendu avec l'Empereur ; mon rôle est ailleurs. Ewilan a rempli sa mission, mais sa quête n'est pas achevée. J'ai fait une promesse et il est hors de question que je ne la tienne pas. Je continue avec elle.

Tous les regards se braquèrent sur Camille, et elle sourit tristement.

— Vous m'êtes si chers, souffla-t-elle, je n'ai pas envie que nous nous quittions. Chacun de nous va pourtant partir de son côté, mais je suis certaine qu'un jour prochain nous serons de nouveau réunis. Pour l'instant, j'ai des comptes à régler avec une certaine Éléa Ril' Morienval. Toute Sentinelle qu'elle soit, elle a trahi mes parents et je veux savoir ce qu'ils sont devenus. Edwin a raison, ma quête n'est pas finie. J'avais Éléa à portée de main, mais j'ai dû la laisser filer. Il me reste à dénicher l'endroit où elle s'est rendue et je crains que ce ne soit pas facile.

Maître Duom lui tapota le genou.

— Ne t'inquiète pas pour ça, la rassura-t-il. Je sais exactement où elle se trouve.

Devant l'air surpris de Camille, il expliqua :

— Le verrou ts'lich a sauté, les Spires sont libres, et...

— Déjà ? l'interrompit Salim. Je n'ai rien vu, rien entendu ! Je m'attendais à une représentation son et lumière ou au moins à un feu d'artifice...

— Crois-moi, ça a fait du boucan ! Nos dessinateurs se sont précipités dans les Spires à l'instant précis où le verrou a sauté et je peux t'assurer que les Raïs ont eu chaud aux fesses !

L'expression tira un sourire à Salim qui parut tout de même déçu.

— C'est injuste, protesta-t-il, ça fait des jours et des jours qu'on se démène et qu'on risque notre peau. J'aurais aimé profiter du spectacle.

Camille laissa échapper un soupir d'agacement.

— Nous ne sommes pas dans un film, Salim, et je te signale que maître Duom était en train de me parler d'Éléa Ril' Morienval. Est-ce que je peux l'écouter jusqu'au bout ou as-tu l'intention de monopoliser la parole ?

Salim ouvrit la bouche pour répliquer, mais Bjorn posa sa grosse patte sur son épaule.

— Tu devrais te taire, lui conseilla-t-il, ou tu vas obtenir ton feu d'artifice, si tu vois ce que je veux dire...

Salim observa le chevalier, puis Camille qui n'avait pas l'air de plaisanter.

— Parfait, capitula-t-il, le verrou ts'lich a sauté, ça a fait autant de bruit qu'un pétard mouillé, mais je m'en fiche. Où en étiez-vous avant que je ne monopolise la parole ?

L'analyste ne put retenir un petit rire qui devint vite général.

Lorsque tout le monde fut calmé, il reprit :

— L'ouverture des Spires a permis à nos dessinateurs de se jeter dans la bataille, mais elle a aussi restauré le système de communication de l'Empire. Les informations circulent à nouveau et, en tant que maître analyste, je suis une plaque tournante des échanges alaviriens. Actuellement, Éléa Ril' Morienval se trouve avec les autres dans la Citadelle des Frontaliers. Les Sentinelles ont fait un pas sur le côté, elles rattrapent le temps perdu en menant la vie dure à l'armée raï. Un message m'en a informé il y a moins d'une heure.

— Je pars donc pour la Citadelle, déclara Camille.

— Excellente idée, sourit Edwin. Je ne suis pas rentré chez moi depuis des années.

Salim se frotta les mains.

— Il me tarde de voir ça, lança-t-il.

— Non !

Ellana avait parlé gentiment, presque à voix basse, mais ses traits reflétaient une grande détermination.

— Je suis navrée Salim ! Tu t'es engagé en prêtant un serment qui ne tolère pas qu'on l'oublie.

Tu me dois trois ans de ta vie, tu te souviens ? Sans possibilité de changer d'avis ou même de discuter. Demain, quand nous partirons, ce ne sera pas pour la Citadelle !

Il y eut un long silence que Camille finit par briser :

— Tu plaisantes, n'est-ce pas ?

Ellana la regarda avec compassion.

— Non, je suis sérieuse. Très sérieuse.

— Tu n'as pas sauvé trois fois la vie d'Edwin, tu ne peux pas partir… tenta d'argumenter Camille.

— C'est vrai, tu as raison, ce diable d'homme n'est pas facile à aider.

— Mais…

— Écoute-moi et essaie de me comprendre, la coupa Ellana. Je suis prise en étau entre deux promesses et la situation ne peut se prolonger davantage. Je dois choisir. Jusqu'à présent la priorité était de t'épauler dans ta mission, ce qui m'a permis de joindre plaisir et devoir. Aujourd'hui les Sentinelles sont libres, je dois penser à ma guilde et à mes obligations envers elle. Mes engagements personnels passent après. Je reviendrai tenir mon serment, il ne peut en être autrement, mais je pars demain et Salim m'accompagne.

15

L'Amour est une clef qui ouvre la voie à tous les possibles.

Merwyn Ril' Avalon.

— Tu n'es pas obligé d'obéir...

Camille et Salim étaient assis côte à côte, au sommet d'une éminence, à quelques dizaines de mètres du camp. Le ciel nocturne leur offrait son infinité sereine, mais ils ne percevaient que leur propre détresse.

L'annonce d'Ellana avait ébranlé le groupe, effaçant la joie de la victoire. On lui avait demandé d'attendre, de réfléchir, elle n'avait rien voulu savoir, rejetant tous les arguments d'un air buté.

Personne ne lui avait pour autant reproché son attitude. Le code d'honneur des marchombres était trop réputé, Ellana leur était trop proche pour qu'ils ne respectent pas sa décision.

Camille et Salim mis à part, Edwin était le plus affecté. En entendant Ellana, son visage s'était fermé et ses yeux avaient pris une couleur d'orage.

Il avait cependant choisi de se taire et c'est en le fixant que Chiam Vite s'était levé.

— Pourquoi la bouche des humains tenir un autre langage que leur cœur ? avait-il lancé à Ellana.

La véritable raison de ton départ être que tu avoir peur. Peur de ce que crier tes sentiments. Peur d'admettre ce que tu savoir depuis longtemps. Peur de t'avouer que tu aimer…

— Tais-toi !

La voix d'Ellana avait claqué, sèche et inquiète. Le Faël l'avait longuement observée avant de s'éloigner, un sourire triste sur les lèvres.

Un à un, les autres s'étaient également retirés, plus pour offrir à Camille et Salim un ultime moment d'intimité que pour trouver un sommeil qui serait long à venir. Seuls dans la nuit, les deux adolescents avaient toutes les peines du monde à placer des mots sur les sentiments qui bouillonnaient en eux.

— Tu n'es pas obligé d'obéir…

— Impossible, répondit Salim, tu le sais bien. Je ressemblerais à quoi si je changeais d'avis toutes les cinq minutes ? Si je me parjurais ? Je ne serais plus moi-même et tu finirais par me détester…

— Salim, c'est stupide, jamais je ne pourrai te détester, parce que…

Le garçon posa un doigt sur les lèvres de son amie.

— Chut, murmura-t-il. Moi je dévoile le fond de mon âme parce que je suis incapable de me taire, parce que ça déborde et que si je ne parle pas, je me noie. Toi tu ne dis rien, c'est inutile. Tu brises les cœurs et tu laisses espérer. D'accord ?

Camille sentit une boule de chagrin se nouer dans son ventre. Une grosse larme roula sur sa joue et elle ferma les paupières pour qu'elle reste unique.

Salim la contempla longuement avant de continuer.

— Tu vas régler son compte à cette traîtresse et retrouver tes parents. Moi, je vais devenir quelqu'un de bien, plus fort qu'Edwin et Bjorn réunis. Tu sais, trois ans, c'est peu, même si demain, en te quittant, j'aurai l'impression de mourir. Nous nous retrouverons et nous aurons dix-sept ans !

Camille ouvrit les yeux et ils se dévisagèrent un long moment en silence. Salim se força à poursuivre d'un ton plus gai.

— Dix-sept ans ! Tu crois que quand on se reverra, tu m'embrasseras ?

La voix de Camille se brisa alors qu'elle répondait :

— Y a des chances mon vieux, y a des chances…

Son regard se chargea alors de tant de tendresse que Salim en oublia de respirer. Puis elle continua, tout doucement :

— Mais pourquoi attendre ?

GLOSSAIRE

Akiro Gil' Sayan

Nom alavirien de Mathieu Boulanger. Akiro a quitté Gwendalavir lorsqu'il avait onze ans et n'a plus de souvenirs de ses origines. Fils adoptif de la famille Boulanger, âgé maintenant de dix-huit ans, il est passionné de peinture et inscrit aux Beaux-Arts de Paris.

Alaviriens

Habitants de Gwendalavir.

Alines

Pirates humains vivant dans l'archipel du même nom dans l'océan du Sud, les Alines pillent Gwendalavir depuis des siècles et interdisent à l'Empire de s'aventurer sur les mers.

Altan Gil' Sayan

Une des Sentinelles les plus puissantes de Gwendalavir. Il est le père d'Ewilan et d'Akiro. Il a disparu en tentant de déjouer un complot contre l'Empire.

Artis Valpierre

Rêveur de la confrérie d'Ondiane, Artis est un homme d'une grande timidité, peu habitué à côtoyer des non-rêveurs.

Comme tous ceux de sa guilde, il possède le don de guérison.

Bjorn Wil' Wayard

Bjorn, qui a trente-deux ans lorsqu'il rencontre Ewilan pour la première fois, a passé l'essentiel de sa vie à rechercher les quêtes épiques et à éviter les questions embarrassantes.

Cela ne l'empêche pas d'être un chevalier, certes fanfaron, mais également noble et généreux.

Bjorn est un expert de la hache de combat et des festins bien arrosés.

Camille Duciel

Voir Ewilan Gil' Sayan.

Chiam Vite

Chiam est un Faël, un redoutable tireur à l'arc et un compagnon plein de verve et de piquant.

Il adore se moquer des humains et de leur lourdeur, mais il fait preuve d'une solidarité sans faille envers ses amis alaviriens.

Chuchoteurs

À peine plus gros qu'une souris, les chuchoteurs sont de petits rongeurs qui possèdent la capacité de faire le pas sur le côté.

Ils sont utilisés par les dessinateurs accomplis pour transmettre des messages.

Coureurs

Oiseaux incapables de voler et hauts d'une cinquantaine de centimètres, les coureurs vivent dans les plaines alaviriennes où ils creusent de profonds terriers. Leur chair est un mets de choix en Gwendalavir.

Dames

Les dames sont des cétacés géants qui règnent sur les eaux de Gwendalavir. La Dame est une immense baleine grise qui possède un pouvoir supérieur à celui des dessinateurs alaviriens.

Duom Nil' Erg

Analyste célèbre pour son talent et son caractère épineux, Duom Nil' Erg a testé des générations de dessinateurs, définissant la puissance de leur don et leur permettant de l'utiliser au mieux. Ses capacités de réflexion et sa finesse d'esprit ont souvent influencé la politique de l'Empire.

Edwin Til' Illan

Un des rares Alaviriens à être entré, de son vivant, dans le grand livre des légendes. Edwin Til' Illan est considéré comme le guerrier absolu. Maître d'armes de l'Empereur, général des armées alaviriennes, commandant de la Légion noire, il cumule les titres et les prouesses tout en restant un personnage très secret.

Éléa Ril' Morienval

Cette Sentinelle, aussi puissante qu'Élicia et Altan Gil' Sayan, est une figure ténébreuse. Son ambition et sa soif de pouvoir sont démesurées. Son absence de règles morales en fait une redoutable adversaire.

Élicia Gil' Sayan

Élicia est la mère d'Ewilan.

Sa beauté et son intelligence ont failli faire d'elle l'Impératrice de Gwendalavir, mais elle a choisi d'épouser Altan.

Élicia et Altan ont disparu en tentant de déjouer un complot contre l'Empire.

Elis Mil' Truif

Maître dessinateur et professeur connu pour avoir rédigé un imposant traité destiné aux élèves dessinateurs de l'Académie d'Al-Jeit.

Ellana Caldin

Jeune marchombre rebelle et indépendante.

Au sein de sa guilde, Ellana est considérée comme un prodige marchant sur les traces d'Ellundril Chariakin, la mythique marchombre.

Elle a toutefois conservé une fraîcheur d'âme qui la démarque des siens.

Enjôleuse d'Hulm

Plante insectivore qui attire ses proies en chantant.

Ewilan Gil' Sayan

Nom alavirien de Camille Duciel.

Surdouée, Camille a de grands yeux violets et une forte personnalité.

Adoptée pour son plus grand malheur par les Duciel, elle est en fait la fille d'Altan et Élicia, et possède le Don du Dessin dans sa plénitude.

Quand elle retrouve l'Empire de Gwendalavir, il lui appartient de le sauver de la menace ts'liche.

Faëls
Les Faëls, alliés de l'Empire, vivent à l'ouest de la forêt de Baraïl. Ils forment une race éprise de liberté et d'individualisme. De petite taille, réputés pour leur souplesse et leur rapidité, ils sont de farouches combattants, ennemis héréditaires des Raïs.

Françoise Duciel
Mère adoptive de Camille. Françoise Duciel est une personne égocentrique, maniérée et suffisante.

Gobeurs d'Ombreuse
Lézards insectivores à la langue préhensile.

Gommeurs
Arthrobatraciens ressemblant au croisement d'un crapaud et d'une limace. Ils sont utilisés par les mercenaires du Chaos pour leur capacité à bloquer l'accès aux Spires de l'Imagination.

Goules
Créatures humanoïdes malveillantes et quasi invulnérables, vivant sur les plateaux d'Astariul.
Les goules sont rares, mais elles alimentent bon nombre des légendes sombres de Gwendalavir.

Gwendalavir
Principal territoire humain sur le deuxième monde. Sa capitale est Al-Jeit.

Hans
Soldat de l'Empire, sous les ordres de Saï Hil' Muran, seigneur de la cité d'Al-Vor.

Iaknills
Appelés aussi Êtres de feu.
Les Iaknills vivent dans les entrailles souterraines de Gwendalavir.
Ils sont à l'origine du massacre qui a conduit à l'évacuation d'Al-Poll.

Iliam Polim
Maître navigateur.
Patron de la *Perle de Chen*.

Inspecteur Franchina
Inspecteur de police, chargé de l'enquête sur la disparition de Camille et Salim.

Ivam Wouhom
Marchand de graines alavirien, vivant dans la région d'Al-Vor.

Légion noire
Troupe d'élite de l'Empire.

Madame Boulanger
Mère adoptive de Mathieu.

Mademoiselle Nicolas
Professeur de français de Camille et Salim.

Maître Carboist
Maître rêveur. Supérieur de la confrérie d'Ondiane.

Comme tous les rêveurs de haut rang, maître Carboist joue un rôle politique important en tant que conseiller du seigneur d'Al-Vor.

Maniel
Soldat de l'Empire sous les ordres de Saï Hil' Muran, seigneur de la cité d'Al-Vor.
Maniel est un colosse au caractère doux et sociable.

Marcheurs
Créatures arachniformes hautes de plus d'un mètre, venimeuses et agressives, capables de faire le pas sur le côté.
Elles vivent dans la chaîne du Poll, mais sont parfois utilisées par les Ts'liches pour accomplir des missions.

Marchombres
Les marchombres ont développé d'étonnantes capacités physiques basées essentiellement sur la souplesse et la rapidité.
Ils partagent une même passion de la liberté et rejettent toute autorité, même si leur code de conduite est très rigoureux.

Mathieu Boulanger
Voir Akiro Gil' Sayan.

Maxime Duciel
Père adoptif de Camille, Maxime Duciel est un homme d'affaires infatué et égoïste.

Mentaï

Guerrier au statut élevé dans la hiérarchie des mercenaires du Chaos et possédant le Don du Dessin.

Mercenaires du Chaos

Les mercenaires du Chaos vivent dans la clandestinité. Ils haïssent toute forme de loi autre que la leur et ont pour objectif final l'anéantissement de l'Ordre et de la Vie. Ils sont l'un des grands dangers qui menacent l'Empire.

Merwyn Ril' Avalon

Le plus célèbre des dessinateurs. Merwyn mit fin à l'Âge de Mort en détruisant le premier verrou ts'lich dans l'Imagination et contribua à la naissance de l'Empire. Il est au cœur de nombreuses légendes alaviriennes.

Navigateurs

Les navigateurs utilisent leur Art pour faire avancer leurs bateaux à aubes, ces grands navires qui parcourent les fleuves alaviriens, principalement le Pollimage.

Ogres

Mammifères bipèdes carnivores, semi-intelligents et agressifs, pouvant mesurer trois mètres de haut. Les ogres vivent en clans et sont redoutables.

Paul Verran

Clochard parisien passionné de lecture.

Raïs

Aussi appelés les guerriers cochons. Race non humaine, manipulée par les Ts'liches et ennemie jurée de l'Empire, les Raïs peuplent un immense royaume au nord de Gwendalavir. Ils sont connus pour leur bêtise, leur malveillance et leur sauvagerie.

Rêveurs

Les rêveurs vivent en confréries masculines et possèdent un Art de la guérison dérivé du Dessin qui peut accomplir des miracles.

Saï Hil' Muran

Seigneur de la cité d'Al-Vor, Saï Hil' Muran commande les armées impériales dans les plaines du Nord face aux Raïs.

Salim Condo

Ami de Camille. Salim, d'origine camerounaise, est un garçon joyeux, doté d'une vitalité exubérante, et un gymnaste accompli. Il est prêt à suivre Camille jusqu'au bout du monde. Ou d'un autre…

Siffleurs

Ongulés de la taille d'un daim vivant à l'état sauvage, mais également élevés pour leur viande et leur peau par les Alaviriens.

Sil' Afian

Empereur de Gwendalavir, Sil' Afian est un ami d'Edwin et des parents d'Ewilan. Son palais se trouve à Al-Jeit, la capitale de l'Empire.

Tigres des prairies

Redoutables félins dont le poids peut dépasser deux cents kilos.

Ts'liches

« L'ennemi ! » Race non humaine ne comportant plus que quelques membres.

Des créatures effroyablement maléfiques.

Pierre Bottero
dans Le Livre de Poche

(Sélection de titres)

Nawel Hélianthas vit à Jurilan, le royaume des douze cités. À dix-sept ans, elle est une jeune adolescente riche et prétentieuse. Comme ses amis Philla et Ergaïl, elle doit bientôt choisir la caste correspondant à ses aspirations profondes pour le reste de sa vie. Tout indique qu'elle entrera, selon le désir de ses parents, chez les prestigieuses Robes Mages. Mais Nawel s'interroge. Et après avoir provoqué involontairement la mort d'une jeune femme et de son bébé, elle opte pour la mystérieuse caste des Armures, un choix qui bouleversera à jamais son destin. Les Âmes croisées, *roman posthume de Pierre Bottero, propose une fantasy épique de haut vol, dans la droite ligne du cycle du* Pacte des Marchombres.

L'Autre

Natan est un sportif surdoué, membre d'une étrange famille. Shaé possède, tapie au fond d'elle-même, une Chose qu'elle ne maîtrise pas. Les deux adolescents sont séparés par des kilomètres, mais lorsqu'ils se rencontrent, ils se découvrent un héritage commun fascinant et dangereux. Suffira-t-il à combattre l'Autre, terrifiante incarnation du Mal?

2. *Le Maître des Tempêtes* n° 32515

Natan et Shaé sont venus à bout d'une partie du Mal. Mais il en reste deux à vaincre, et ils doivent en découdre avec le Maître des Tempêtes, qui sème la désolation par des catastrophes naturelles. Leur rencontre avec un Guide aveugle, Emiliano, les conduit à se séparer. Natan rejoint sa Famille et tombe dans le piège tendu par sa cousine. Seul, il est condamné…

3. *La Huitième Porte* n° 32516

Huit ans ont passé. L'Autre a gagné. Partout la liberté cède à la violence, les hommes ploient sous le joug d'Eqkter et de ses créatures maléfiques. Pourtant une lueur d'espoir subsiste : le sang des sept Familles n'est pas tari. Les antiques pouvoirs vibrent toujours dans les veines d'Elio, un jeune garçon qui coule une existence paisible dans un village du Haut-Atlas…

LE PACTE DES MARCHOMBRES

Le Pacte des Marchombres *invite le lecteur à pénétrer dans les arcanes d'une guilde aux pouvoirs extraordinaires, et à suivre le destin d'Ellana Caldin, héroïne prodigieuse par sa psychologie, ses exploits physiques et son insatiable goût de la liberté.*

1. *Ellana* n° 31733

Seule survivante d'un groupe de pionniers après l'attaque de leur caravane, une fillette est recueillie par un peuple sylvestre et grandit à l'écart des hommes. À l'adolescence, elle décide de partir en quête de ses origines. Sous le nom d'Ellana, elle croise alors le plus grand maître marchombre, Jilano Alhuïn, qui la prend pour élève et l'initie aux secrets de sa guilde. Un apprentissage semé de rencontres et de dangers...

2. *Ellana, l'envol* n° 31734

Encore apprentie marchombre, Ellana est chargée par Jilano, son maître, d'une mission à haut risque : escorter une caravane au chargement précieux et mystérieux. Mais au fil de ses rencontres, Ellana peine à identifier ses véritables ennemis, la voie tend à se dérober devant elle et les choix qui engagent sa loyauté et ses sentiments se révèlent périlleux...

3. *Ellana, la prophétie* n° 31735

Ellana est face à son destin, et doit livrer une ultime bataille pour tenter de retrouver ce qu'elle a de plus précieux au monde : son fils, enlevé par les mercenaires du Chaos. Mais où se trouve la cité des mercenaires ? Est-il encore temps de sauver Destan et l'Empire, promis tous deux à un terrible avenir ?

Le Livre de Poche s'engage pour l'environnement en réduisant l'empreinte carbone de ses livres. Celle de cet exemplaire est de : 300 g éq. CO_2 Rendez-vous sur www.livredepoche-durable.fr

PAPIER À BASE DE FIBRES CERTIFIÉES

Composition réalisée par Belle Page

Achevé d'imprimer en septembre 2017, en France sur Presse Offset par
Maury Imprimeur – 45330 Malesherbes
N° d'imprimeur : 218563
Dépôt légal 1ʳᵉ publication : octobre 2012
Édition 05 – septembre 2017
LIBRAIRIE GÉNÉRALE FRANÇAISE – 21, rue du Montparnasse – 75298 Paris Cedex 06

31/6470/4